KB034772

극지의 시

극지의 시

1판 1쇄 발행 2015년 9월 9일
1판 8쇄 발행 2023년 10월 25일

지은이 이성복
펴낸이 이광호
펴낸곳 ㈜**문학과지성사**
등록번호 제1993-000098호
주소 04034 서울 마포구 잔다리로7길 18(서교동 377-20)
전화 02) 338-7224
팩스 02) 323-4180(편집) 02) 338-7221(영업)
전자우편 moonji@moonji.com
홈페이지 www.moonji.com

© 이성복, 2015. Printed in Seoul, Korea
ISBN 978-89-320-2770-8 03810

이 도서의 국립중앙도서관 출판예정도서목록(CIP)은 서지정보유통지원시스템 홈페이지
(http://seoji.nl.go.kr)와 국가자료공동목록시스템(http://www.nl.go.kr/kolisnet)에서
이용하실 수 있습니다. (CIP제어번호: CIP2015022253)

극지의 시

2014
–
2015

이
성
복
시
론

문학과지성사
2015

자서自序

이 책은 2014년 후반기와 2015년 초반의 강의, 대담, 수상 소감 등을 시간 순서대로 엮은 것이다. 수업에 참여했던 학생들과 녹취를 맡아주신 박덕희 씨, 대담자 이우성 시인에게 고마움을 전한다.

2015년 7월
이성복

차례

극지極地의 시

　시대적 고난과 순명의 표상인 육사陸史의 시는 저에게 언제나 시가 있어야 하고 떠나서는 안 될 자리로 남아 있습니다. 특히 「절정」과 「광야」는 그분이 살았던 삶 전체를 아우르는 열쇠말인 동시에 시가 머물고 지켜야 하는 자리가 아닌가 합니다. 이 시들은 당시의 곤핍한 상황을 이야기함과 동시에, 애초에 시라는 장르가 '절정'과 '광야'라는 사실을 준엄하게 드러내 보입니다. 육사의 시는 어떤 임계점, 혹은 극한점에서 씌어진 것으로서, 시라는 것이 사람이 더 이상 살 수 없는 '극지'의 산물이자 '극지' 그 자체라는 사실을 보여주었습니다.

이는 다른 시인들의 경우에도 예외가 아닐 것입니다. 소월의 「초혼」은 초혼에 대해 이야기하고 있지만, 본래 시라는 장르 자체가 '초혼'인 것이고, 시인은 그 불가능한 초혼제招魂祭의 역할 수행자인 셈이지요. 그런 점에서 저는 시라는 형식이 자기 규정적이고 자기 회귀적이라는 생각을 하게 됩니다. 따지고 보면 모든 말들이 자기 규정적이고 자기 회귀적입니다. '나 너를 미워해'라는 말의 효과는 '너'에게가 아니라 '나'에게 오롯이 돌아옵니다. 또 어떤 사람 욕을 해도 그에게로 가지 않고 고스란히 자기한테 돌아오지 않습니까. 마치 누워서 침을 뱉거나 오버잇을 하면 자신이 뒤집어쓰는 것과 같지요.

말의 자기 규정성, 자기 회귀성이 가장 극명하게 드러나는 것이 시라는 장르라는 사실은 길지 않은 우리 시사詩史에서도 쉽게 찾아볼 수 있습니다. 소월이나 육사뿐 아니라 백석과 윤동주, 이상과 김수영의 삶과 시를 어떻게 떼어놓을 수 있겠습니까. 그러니까, 어떻게든 말하지 않을 수 없는 것을 말함으로써, 말을 하는 사람은 자기 말의 일차적인 희생자가 되고, 그가 자초한 희생을 어떻게든 피하지 않음으로써 그의 말은 일종의 상징이 되는 것이지요. 사실 이 말을 하는 순간에도, 말은 머리 위 도끼날처럼 제 말이 끝나기를 기다리고 있는지 모릅니다.

'어떻게든 말하지 않을 수 없는' 그것은 대체 무엇일까요. 가령 통증을 가리키는 말로 '우리하다'는 말이 있습니다. 어린 시절 친구들과 장난치다가 명치끝을 맞았을 때의 느낌이 그러하다고 할까요. 달리 표현할 수 없는 이 말은 도무지 번역하거나 대체할 수 없습니다. 아마도 시가 지향하고 조명하는 것은 이 말이 가리키는 어떤 지점이 아닐까 합니다. 오직 이 지점에서 씌어진 것만이 시이고, 이 지점을 벗어나면 사이비似而非가 됩니다. 만약 어떤 시가 이 지점 아닌 다른 것에 대해 이야기한다면 책임 회피와 방관에 지나지 않을 것입니다. 애초에 시는 표현할 수 없는 것을 표현하려다가 실패하는 것일 테지요.

이런 점에서, 여러 해 시를 써온 사람으로서 바른 길을 걸어왔는지 자문하게 되는 것은 이제 남은 길이 얼마가 될지 알 수 없기 때문입니다. 언제나 시에서 벗어나지 않으려고 몸부림해왔지만, 시를 위한 노력들이 도리어 시를 잃는 과정이 아니었나 하는 생각도 듭니다. 비유컨대, 지금 저의 처지는 『이솝 우화』에 나오는 어리석은 개와 같습니다. 고깃덩어리를 입에 문 제 그림자를 보고, 그것이 탐나 짖다가 도리어 물속에 빠뜨리고 마는…… 그처럼 시는 본래 제 안에 있었던 것인데, 다시 시를 쓰려 함으로써 잃게 된 것은 아니었는지 돌아보게 됩니다. 물론 그렇다고 공부를 하지 말았어야 한다는 건 아니지요. 공부는 해도 안 되고, 안 해도 안 되는 것이니까요.

시가 지향하는 자리, 시인이 머물러야 하는 자리는 더이상 물러설 수도 나아갈 수도 없는 '극지'이고, 그 지점에 남아 있기 위해서는 무작정 버티는 것 외에 다른 방법이 없습니다. 시는 머리가 아니라 다리로 쓰는 것이며, 시가 있는 자리는 다른 사람의 눈을 통해서가 아니라, 자기 삶을 연소함으로써 밝힐 수 있습니다. 시에 대한 공부는 자기 안을 끝까지 들여다보는 것이지, 그것을 이론이나 사상으로 대체하려 하면 도리어 멀어지는 결과를 낳습니다. 이제 얼마 남지 않은 시간 동안 저는 본래 출발했던 그 자리만을 놓치지 않으려 애쓸 것입니다.

두서없는 말씀과 몸짓, 표정에서 시를 향한 저의 안타까움이 전해졌기를 바라면서 이야기를 끝맺겠습니다.

(제11회 이육사 시문학상 수상 소감)

Q의 마지막 여정

　이번에 펴낸 『어둠 속의 시』(1976-1985)에서, 특히 애착이 간다기보다 비교적 친근하게 느껴지는 시라면 「첫사랑」 「병장 천재영의 사랑과 행복」 「병장 천재영과 그의 시대」 등 1979년에 씌어진 시들이고요, 80년대 이후의 시로서는 「산행」이나 「그 여름의 끝」 등 산문시의 흐름을 가진 것들과, 유대 기독교적 분위기에서 성과 죽음이 난장판을 벌이는 시들이 마음에 남네요.

　예전 시들을 다시 묶으면서 드는 생각은, 그토록 먼 길을 왔다고 생각했는데 사실은 원래 출발한 그 자리에서 한

발도 벗어나시 않았다는, 혹은 못했다는 것입니다. "본래 있는 것이 지금 있다本有今有"는 말이나 "가도 가도 본래 자리, 닿아도 닿아도 출발했던 자리行行本處 至至發處"라는 말이 많이 생각나네요.

이번에 묶은 시들이 씌어진 1976년에서 1985년까지의 기간은 제 정신 성장의 '부름켜'에 해당하는 시기이고, 그 이후 이런저런 시적詩的 시도를 하고 여러 방향의 공부를 한다고 해왔지만, 사실 그 후로 제 정신은 조금도 성장하지 못했다는 느낌이 들어요. 사람의 키가 일정한 시점까지 자라고 더 이상 자라지 않듯이 정신에도 성장의 한계점 같은 것이 있는 듯해요.

궁극적으로 제 시가 닿은 지점이 '불가능'인데, 가만히 생각해보면 시라는 것이 본래 '불가능'이고, '불가능'을 표현하려고 애쓰다가 실패하는 것이 아닌가 해요. 그러니까 제가 사십 년 가까이 그렇게 조바심하고 애써왔던 것이 본래 제 안에 있었던 것이고, 그것이 이번 『어둠 속의 시』에 고스란히 남아 있다고 봐요.

오히려 제 시를 발전시켜보려고 오만 노력과 몸부림을 해왔던 것이 시를 망쳐왔던 것 아닌가 하는 자괴감이 들기도 해요. 그러니까 참 허망하고 허망한 짓이었지요. 하지만 시가, 그리고 시 쓰기가 본래 그렇게 실패하는 것이라는 생각도 들어요. 실패하지 않는 시가 어디 있겠어요. 시 쓰기는 늪 속의 허우적거림처럼, 사막에서의 제자리걸음처럼 한 발자국도 전진하지 않는 것이고, 그런 점에서 '성장소설' '교양소설'에서 보이는 원융圓融한 인생관의 터득과는 다른 것이지요.

이제 저는 시인으로서의 인생이 정점이 있는 산봉우리를 오르는 것이 아니라, 시작도 끝도 없는 해안 절벽을 따라가는 것이 아닐까 해요. 완성 같은 것은 애초에, 어디에도 없고 이십대 삼십대의 벼랑, 사십대 오십대의 벼랑이 있을 뿐이며, 마침내 이 몸과 마음이 소진하면 그 가파르고 위험한 벼랑이란 것도 없어지겠지요.

그런데 희한하게도 이런 생각이 지금의 저를 자유롭게 해주어요. 만약 어떤 '완성'을 이루어야 하는데 그렇지 못했다면 얼마나 자책에 사로잡히겠어요. 하지만 완성이란 것도 어떤 정점이 있고, 거기서 모든 것을 내려다보는 산봉우리의 은유일 뿐이지요. 사실은 단 하나의 정상이 아니라, 여러 개의 서로 다른 봉우리들이 있을 테지요. 가령 들

뢰즈의 '천 개의 고원'이나 '리좀' 같은 비유들이 머릿속에 떠오르네요.

그래서 지금 저는 영문자 Q로써 제 시적 여정을 돌아본답니다(Q는 '의문'을 뜻하는 Question의 첫 글자이고, '개시'를 뜻하는 Cue와 발음이 같아요). 저는 이제 원래 시작했던 지점에 다시 왔고(이번 책 세 권은 Q의 마지막 궁글림이 시작되는 자리에 있어요), 그 남은 꼬리 부분이 여우 꼬리처럼 길지 아니면 돼지 꼬리처럼 짧을지 지금의 저로서는 알 수 없어요. 어떻든 남은 여생-꼬리가 본래 출발했던 그 지점, 즉 1976-1985년에서 멀리 벗어나지 않을 거라는 점은 짐작할 수 있어요.

하지만 자책은 여전히 남네요. 예술가로서 열심히 살려고 애썼지만 돌아보니 조금도 그렇지 못했다는 것. 그렇기 때문에 이번에 묶은 책들이 저에게는 더욱 소중하게 생각된답니다. 요즘 자기 체세포로 손상된 신체 부위를 재생하도록 하는 의학기술이 있듯이, 저에게 이 세 권의 책들은 이미 예술가로서 망가진 몸과 정신을 소생시키기 위한 줄기세포에 해당한다는 생각이 들어요. 정말 그렇게 믿고, 또 그렇게 간절히 바란답니다.

1976−1985년, 그 시절 저는 좋은 예술가가 되고 싶었답니다. 그 시절에는 열정과 고통과 꿈이 있었습니다. 저에게는 오직 그 시절만이 아름답습니다.

시, 바람이 지나간 길

    이틀 전 문득, 제가 이토록 시를 열망하는데도, 시를 쓰지 못하는 건 무언가 외통수로 막혀 있기 때문이라는 생각이 들었어요. 가령 막힌 벽 앞에서는 바람이 불지 않지만, 조금이라도 틈새가 있으면 바람이 생겨나잖아요. 시라는 것도 본래 저로부터 출발해 대상을 거쳐 불특정 다수에게 향하는 것인데, 저는 너무 오랫동안 제 생각, 제 욕심뿐이어서, 시가 빠져나갈 통로를 만들어두지 않은 게 아닌가 하는 마음이 들었어요. 시는 근본적으로 기도와 마찬가지로 대화의 형식일 뿐, 대상에 대한 일방적인 탐구 혹은 해부 분석이 아니잖아요. 그렇게 하면 대상에 대한 일종의 고문이 될 테지요.

기도의 한 방법으로, 빈 의자를 앞에 두고 예수님이 앉아 있다 생각하고 얘기해보라는 말이 있어요. 그처럼 시도 그냥 가까운 사람에게 들려주는 속내 이야기인지도 몰라요. 그런데도 저는 시를 너무 어렵게만 생각해온 것 아닐까 해요. 그 점에서 삼십 년도 넘게 제 글이 꽉 막혀 있었던 것은 당연한 일인지도 몰라요. 시를 쓰려고 몸부림칠수록 제 시는 자기 과시의 형태이거나 어설픈 철학의 개진開陳이기 십상이었어요. 이쯤에서 연암 박지원의 글쓰기를 생각해보게 돼요. 가령 그가 쓴 죽은 누님에 대한 글은 지극히 자연스러우면서도 생의 본체에 닿아 있어요. 저는 그걸 꼭 기억해두고 싶어요.

글쓰기가 열려 있게 하기 위해 반드시 대화 상대자를 만들 필요는 없을 거예요. 때로는 대화 상대자가 이야기를 쉽게 끌어내줄 수도 있겠지만, 번번이 그렇게 하는 것은 기도의 초보자가 하는 것처럼 부자연스럽고 억지스러운 데가 없지 않을 거예요. 어떻든 바람이 지나가려면 벌어진 틈이 있어야 하듯이, 내 안의 글이 누군가에게로 흘러 나가려면 글쓰기의 대상이 글을 통과시키는 구멍 역할을 해야 할 것 같아요. 고층 아파트 동棟과 동 사이에서 강한 바람이 일어나는 것도 그렇지 않던가요. 본래 바람이 있어 빈틈으로 지나가는 게 아니라, 빈틈에서 바람이 생겨나는 것이라 해야겠지요.

몇 년 전에, 글쓰기란 석유통에서 석유를 따라 옮기는 것과 비슷하다는 생각을 했어요. 처음엔 호스를 입에 물고 빨아들이지만, 어느 순간 입을 떼면 압력 차이로 석유가 저절로 쏟아져 나오는 것 말이에요. 그처럼 글쓰기도 처음엔 내가 시작하는 것이지만, 나중엔 글이 글을 쓰는 것이지요. 이 같은 생각은 그때나 지금이나 달라진 게 없어요. 그러나 이제, 제 글쓰기에 진전이 없었던 건 '화자→대상→청자'의 연결에서, 대상이 '빈틈'으로 존재한다는 사실을 간과했기 때문이 아닐까 하는 생각이 들어요. 그로 인해 대상 앞에 설 때마다 말문이 꽉 막혀 어찌할 도리가 없었던 건지도 몰라요.

사실, 우리가 어떤 대상에 대해 글을 쓴다 할 때, 대상이 우리에게 직접 말을 들려주는 건 아니잖아요. 그냥 대상을 핑계 삼아 우리가 우리 자신의 얘기를 하는 것뿐이지

20

요. 언제 꽃이, 나무가, 아파트가, 성기性器가, 해와 달이 말을 한 적이 있었나요. 그렇다고 해서 대상을 무시한다는 말은 아니에요. 시란 '나'의 말이 대상에게 스쳐 굴절되어 '당신'이라는 불특정 다수의 독자에게 도달하는 것이지요. 마치 엑스레이나 MRI를 찍을 때처럼, 정확하고 강렬한 '말의 빛'이 대상을 스쳐 지나가면서 변화해 독자라는 '감광판'에 도달하는 것이에요.

그렇다 하더라도 대상이 아예 냉랭하게 자기를 닫고 있는 건 아닐 거예요. 침묵이 말의 일종이라 하듯이, 빈 구멍으로서의 대상 또한 전혀 없는 것이라고는 할 수 없겠지요. 어쩌면 그건 '장場'이라는 개념으로 설명할 수 있을지 몰라요. 어떻든 '말의 빛'이 스칠 때 대상 또한 변화하면서 자신의 일부를 그 빛 속에 실어 보내는 것 아닐까 해요. 숫돌에 낫을 갈 때 끼얹은 물로 인해 낫도 숫돌도 자기의 일부를 잃어가듯이, '말의 빛' 때문에 시의 화자도 대상도, 그리고 독자들까지도 변화되는 것 아닐까요. 우리가 타인의 얼굴을 보는 건 그 얼굴의 세포가 빛에 의해 변화되는 것을 보는 거라는 말도 있어요.

달리 비유하자면, 글쓰기는 복사기 버튼을 눌렀을 때 빛이 천천히 원본의 표면을 접촉해 지나가는 것과 같다는 생각이 들어요. 혹은 병원에서 종합 검진할 때 초음파 기기로 간이나 쓸개, 췌장 등을 관찰하는 것과 비슷하다는 생각도 해요. 미끈한 액체를 바른 배 위로 천천히 마우스 같은 것을 움직이면, 숨겨진 내장이 속속들이 눈앞에 드러나게 되지요. 글쓰기 또한 대상을 절개해서 강제로 그 내부를 보여주는 게 아니라, 다만 '말의 빛'이 대상을 스칠 때 굴절하는 모습을 보여주는 거지요. 골프에서 공을 친다고 생각하지 말고, 전체 궤도를 그리며 공 있는 자리를 통과하라는 말도 다르지 않을 거예요.

도道 공부하던 사람이 중간에 포기하면 평생 좌절감을 씻을 수 없다고 해요. 글쓰기에 대한 양가감정이나 곤혹스러움도 일종의 상처이고, 이 상처는 제 자신의 잘못된 태도와 판단 때문에 생겨난 것이라는 생각을 해봐요. 모든 허물은 자기에게 있다고 하지요. 즉 대상이나 독자를 탓할 게 아니라는 얘기예요. 글쓰기가 막혀 있다는 건 뚫려야 한다는 것을 의미해요. 그런데 오늘 아침 아파트 10층 발코니에서 담배를 피우다가, 손가락에서 담배를 놓쳐 아래로 떨어뜨리고 말았어요. 저의 글쓰기도 그랬으면 좋겠다는 생각을 해봤어요. 글을 쓴다는 아무 느낌도 없는 글쓰기. 좋은 예감이 아닐까 해요.

꽃에 이르는 길

제가 러닝머신 할 때 외우는 책자 아시지요.『꽃에 이르는 길』이라고, 여러 해 걸쳐 묶은 '거울 시리즈'의 책들 안에서 제게 가장 필요한 문구들을 뽑아놓은 것이지요. 그 내용은 대부분 글쓰기와 '생사 문제' 해결에 지침이 되는 것들로, 예술의 목적과 방법, 태도에 관한 문장들과 불교와 힌두이즘에 관련된 구절들이에요. 저는 그 가르침들을 반복해 외우면서 제 뼛속에 새기려고 해왔어요.

원불교 대종사의 제자 중에 민자연화閔自然華라는 보살이 있었대요. 이분이 늘 대종사가 남긴 밥을 먹는 것을 보고, 어째서 그러느냐고 물으니까 '선생님 남기신 밥을 먹으면 저도 선생님처럼 될 것 같아서요'라고 했대요. 어쩌면 그게 공부의 전부가 아닐까 해요. 공부는 스승의 말씀이나 가르침에 있지 않고, 스승을 닮으려는 그 정성에 있는 것이지요. 동지섣달 한밤중에 아홉 번 솥을 고쳐 걸고 나서, 제자로 받아들여졌다는 구정선사九鼎禪師의 이야기처럼 말이에요.

제가 이 책자를 묶고 나서 제목을 뭘로 할까 하다가 생각한 것이 '꽃에 이르는 길'이에요. 원래 이것은 『풍자화전風姿花傳』을 쓴 제아미世阿彌의 '노[能]'의 미학에 관한 짧은 글의 제목이에요. 번역서에는 그냥 '지화도至花道'로 나와 있는 걸 제가 임의로 '꽃에 이르는 길'로 바꿨는데, 그래도 될지 모르겠어요. 지난달에 나온 제 대담집 제목 '끝나지 않는 대화'도 모리스 블랑쇼의 *Entretien Infini*를 제 식으로 번역한 거예요.

여기서 '꽃'이란 예술의 궁극적인 경지를 가리키는 말이에요. 다른 논서論書에서 제아미는 예술의 품격을 상중하 세 단계로 나누고, 각 단계를 다시 상중하로 나누었어요. 그러니까 상상上上에서부터 하하下下까지 총 아홉 단계가 되는 거지요. 재미있는 점은 저자가 예술의 각 단계를 개념화해서 설명하지 않고, 선불교禪佛教의 공안公案들을 가져와 은유적으로 표현했다는 거예요. 그 어구語句들은 매우 시적詩的이어서, 여러 번 반복해 읽어도 아름다움이 변하지 않아요.

시를 논할 때는 시를 쓰듯이 해야 한다는 김수영의 말도 있지요. 시를 산문으로 논하면, 산문이지 시가 아니잖아요. 그렇게 하면 시를 논할 필요도 자격도 없는 거지요. 시의 본질이 은유에 있다면, 그 은유는 다른 은유로밖에 표현될 수 없고, 이 점은 다른 여러 예술의 경우에도 같다고 봐요. 시를 산문으로 설명한다면 녹아버린 아이스크림을 떠먹거나, 지난주 일기예보로 내일 산행을 하는 것과 마찬가지가 아니겠어요.

제아미가 분류한 제3위의 미美, 그러니까 상하上下의 단계는 '은완리성설銀玩裏盛雪'이에요. 하얀 은그릇에 흰 눈이 소복이 담겨 있는 것이지요. 은으로 만든 그릇도 아름다운데, 거기에 눈이 가득 담겨 있으니 얼마나 아름답겠어요. 이를테면 형식과 내용, 신체와 정신, 구체와 추상, 방법과 목적의 완벽한 일치라 할까요. 굳이 그것을 개념화하자면

'동일성'의 미학이라고 할 수 있겠지요. 이것은 서로 다른 것으로 여겨져왔던 것들이 사실은 같은 것임을 드러내는 예술의 기능과도 연관지어 볼 수 있어요.

'동일성'이라는 말을 '평등성'으로 바꿔 불러도 되겠지요. 일체가 평등할 수 있는 것은 서로 연결돼 있기 때문이에요. 주인과 노예, 선생과 학생, 부모와 자식 등 연기緣起의 세상에서 홀로 존재하는 것은 없어요. 지금 제가 서너 개의 연결고리만 찾아보면 오바마 미국 대통령하고도 이어져요. 예술이란 것도 이 연결고리를 찾아내는 과정이고, 그것이 발견되는 순간 놀라운 아름다움이 느껴지는 것이겠지요. 가령 프루스트의 『잃어버린 시간을 찾아서』에서 화자는 어린 시절 별개의 장소로 알았던 '게르망트'와 '메제글리즈'가 사실은 서로 이어져 있다는 것을 나중에야 깨닫는데, 이 깨달음의 과정이 그 소설의 주제라 할 수 있지요.

그러나 이 '동일성'은 본래부터 동일한 것이 아니에요. 그렇다면 동일하다고 말할 필요도 없잖아요. '차별성'이 전제되지 않은 '동일성'은 있을 수 없어요. 또한 '동일성'의 미학이 성립할 수 있는 것은 '동일성'의 드러남 이후에도 여전히 '차별성'이 살아 움직이기 때문일 거예요. '흰 그릇'에 담뿍 담긴 '흰 눈'이 아름다운 것은 '그릇'과 '눈'이라는 질료의 차이가 '흰빛'의 압도적인 지배 아래서도 여전히 남아 있기 때문이지요. 가령 첩첩이 이어지는 산들이 그토록 아름다운 것은 멀어지는 산의 빛깔이 점진적인 차이를 보이면서 옅어지기 때문일 거예요.

제2위 등급, 즉 상중上中의 단계는 '설복천산 위기마고봉불백雪覆千山 爲其麼高峯不白'이에요. 천산만산에 흰 눈이 덮여 있는데, 제일 높은 봉우리 하나만 검게 나타나 보이는 거지요. 천千 대 일―의 이 도저한 대비는 '동일성'의 아름다움을 뛰어넘는 또 다른 경지라 할 수 있어요. 천千은 일―을 에워싸고 압박하지만, 일―은 또 천千을 머금고 군림하는 것이라 볼 수 있어요. 이것이 바로 '차별성'의 미학이며, 서로 같은 것으로 여겨졌던 것들이 사실은 다른 것임을 드러내는 예술의 또 다른 기능이라 할 수 있어요. 여기서도 '흰 눈'은 시적인 아름다움의 은유로 사용되고 있네요.

이 '차별성'의 미학은 대립하는 양자의 상대적 비중에 달려 있어요. 가령 흰빛과 검은빛이 똑같은 비중으로 병치된다면 아름답다고 할 수 있을까요. 평형과 대칭은 아름다움을 지향하지만, 완벽한 평형, 완벽한 대칭은 아름다움의 죽음일 거예요. 제가 아는 어느 조각가의 작품들은 거의 모두 대칭적 구조를 갖고 있었는데, 그 숨 막히는 기계적 대칭은 현대적 반미학反美學에서 나온 것이었어요. 또한 만약 흰빛과 검은빛의 비율이 천千 대 일一이 아니라 일一 대 천千이었다면, 흰빛은 도저한 검은빛에 압사당하고 말았을 거예요. 즉 수많은 검은 봉우리들 가운데 오직 하나에만 눈이 덮여 있었다면 눈에 띄지도 않았을 거예요.

이 '검은빛'을 '흰빛'이 미처 확보하지 못한 영역으로 보느냐, 아니면 '흰빛'의 영역을 박차고 나오는 것으로 보느냐에 따라, 의미 해석은 달라져요. 그러니까 이 '검은빛'을 '흰빛'의 완전한 지배 이전으로 보느냐, 이후로 보느냐는 것이지요. 가령 전자가 덮어놓은 시트가 짧아 다 가려지지 않은 시체의 맨발 같은 것이라면, 후자는 우연히 팔을 쳐들었을 때 옷 사이로 드러나는 뱃살 같은 것이라 할 수 있겠지요. 이것을 '진실'이라는 문제로 돌려 이야기하자면, 진실이란 우리가 아무리 노력을 기울여도 완전히 파악할 수 없는 어떤 것이라 할 수도 있고, 아니면 우리의 일상 어디에서나 불쑥 나타나 우리의 삶 자체를 불가능하게 하는 것이라 할 수 있지요.

제1위 등급, 다시 말해 상상上上의 단계는 '신라야반일두명新羅夜半日頭明'이에요. 신라의 한밤중에 해가 밝게 빛난다는 것이지요. 당송唐宋 시대 선문답에는 '신라'가 자주 등장해요. '도道'를 물으면 화살이 이미 신라에 떨어졌다거나, 중국에서 상당上堂의 북소리가 나기도 전에 신라에서는 재齋가 끝났다는 식으로 대답해요. 이는 인간의 분별을 뛰어넘는 불립문자不立文字의 세계라 할 수 있어요. 앞서 제3위와 제2위 등급, '동일성'과 '차별성'의 미학이 분별망상의 현실계에 속해 있다면, 이것은 현실의 지평地平을 넘어선다는 점에서 '무경계無境界'의 미학이라 할 수 있어요.

제3위 '동일성'의 미학이나 제2위 '차별성'의 미학에는 이런저런 설명을 붙일 수 있지만, 제1위 '무경계'의 미학에 대해서는 도무지 입을 댈 수가 없어요. 이 같은 언어도단言語道斷의 세계는 여러 선시禪詩에서 반복 변주되고 있어요. 가령 '파수오경간월출 두견성리목장려芭峀伍更看月出 杜鵑聲裏牧將驢'라고 하지요. 한낮에 높은 산봉우리에서 달 뜨는 것을 보고, 두견새 소리 속에 나귀를 먹인다는 거예요. 그러니까 밤과 낮이 뒤바뀌고, 현실세계의 분별상이 무너지는 거예요. 이는 '남산의 소가 풀을 뜯으니 북산의 소가 배가 부르다'라든지 '이서방이 마시니 김서방이 취한다'라는 식의 사사무애법계事事無礙法界와 다른 것이 아니에요.

앞서 제아미는 제3위 '동일성'의 미학과 제2위 '차별성'의 미학을 보여주기 위해 '눈'이라는 소재를 가져왔지요. 제가 알고 있는 다른 선문답에도 '눈'이 나오는데, 이것을 '무경계'의 미학에 대입해도 크게 어긋나지 않을 것 같아요. 방거사龐居士라는 인물이 다른 선객禪客들에게 던지는 말이에요. '호설편편 불락별처好雪片片 不落別處', '고운 눈 송이송이 딴 데 떨어지지 않네' 이렇게 번역해도 되겠지요. 여기서 다른 데[別處]가 없다는 것은 더 이상 경계가 존재하지 않는다는 말이지요. 여기가 저기이고 어제가 이제이며, 현실과 비현실, 환상과 실재의 구분이 무의미해지는 지점에, 제1위 '무경계'의 미학이 존재한다 할 수 있겠지요.

비록 제아미가 세 가지 미학에 등급을 부여하고 있지만, 그것을 굳이 가치평가로 못 박을 필요는 없을 것 같아요. 진선미眞善美와 마찬가지로 '동일성' '차별성' '무경계'의 미학 또한 그 각각이 다른 것들에 비해 질적으로 우월하다고 말할 수 있는 건 아닐 거예요. 오히려 이것을 세 가지 좌표축으로 은유화해 이해하면 좋지 않을까 해요. 즉 현실 경계 안에 있는 '동일성'과 '차별성'을 평면을 이루는 가로축과 세로축으로 보자면, '무경계'는 평면 위로 세워지는 높이축으로 볼 수 있겠지요. 어떻든 이 셋은 서로가 서로를 수용하고 지지하는 것으로, 한 단계에서 다음 단계로 옮아가는 '완성의 길' 같은 게 있는 건 아닐 거예요. 어쩌면 예술에서 '완성'이란 목표는 오히려 예술가를 위축시키고 주눅 들게 하는 '신화'일 수도 있다는 생각을 해봐요. 오늘은 여기까지만 하겠습니다.

남벽 아래서

제아미가 논한 예술적 품격의 아홉 단계 중에서, 제2위와 제3위는 '눈'을 소재로 한 것이었어요. 저는 자연물 가운데 가장 아름다운 것을 들라면, 눈의 입자라고 하겠어요. 수천수만 배로 확대한 에이즈 균도 경이롭지만, 눈은 인간이 상상할 수 있는 아름다움의 경계를 넘어서 있는 것 같아요. 현미경에 나타난 눈의 입자나 망원경으로 바라보는 설산雪山의 아름다움은 살을 에는 비정한 아름다움의 극치가 아닐까 해요.

최근에 히말라야 설산에 올라갔다 온 어느 등반대원의

이야기를 들었어요. 해발 육천이백 미터라니, 동네 뒷산도 헉헉거리는 저로서는 기가 질릴 일이지요. 그분한테 어떻게 오를 수 있었느냐고 물었더니, 그냥 대장隊長님 말씀에 따르기만 했다고 해요. 자기 힘과 의지로는 턱도 없는 일이었다고요. 또 낮에 눈이 녹으면 사고 위험이 많기 때문에 캄캄한 밤중에 등행을 시작했다는 거예요. 아침에 내려올 때 보니까 발 하나 디딜 만큼 좁은 길 양쪽은 칼로 갈라놓은 듯한 절벽이더래요.

저에게 그 이야기는 생사 문제 해결에 딱 맞는 은유로 생각되었어요. 바울 서간에서 믿음은 '보이지 않는 실체의 확증'이라고 하지요. 또한 가장 아름다운 것을 보려면 눈을 닫아야 하고, 가장 아름다운 소리를 들으려면 귀를 닫아야 한다는 어느 아름다운 분의 말씀도 있지요. 진실하고 올바른 것에 다가가려면 무엇보다 캄캄한 어둠 속에서, 보이지 않는 믿음에 의지해야 해요. '오직 모를 뿐只不知!'이기 때문에, 비로소 믿을 수 있는 것이겠지요. 둘이면서 하나인 믿음과 무지는 인생이라는 '칼 절벽'을 오르는 유일한 밧줄이 아닐까 해요.

등산가들에게 왜 산에 오르느냐고 물으면 '산이 거기 있으니까'라고 대답한다지요. 이 표현은 여러 곳에서 농담처럼 쓰여요. 밥을 왜 먹느냐고 물으니, '밥이 거기 있으니까', 시를 왜 쓰느냐고 하니, '시가 거기 있으니까'…… 이 표현이 자주 쓰이는 것을 보면 분명히 보편적인 데가 있는 것 같아요. 지금까지 제가 본 표어 가운데 가장 아름다운 것은 등산로 옆 나뭇가지에 매달아놓은 리본에 적혀 있었어요. '보고 또 보아도 보고 싶은 산, 가고 또 가도 가고 싶은 산.' 이 말이 불러오는 숨 막히는 그리움은 대상 앞에서 시가 우리에게 불러일으키는 것이기도 해요. 시는 우리 주위의 하찮은 대상이 '보고 또 보아도 보고 싶고' '가고 또 가도 가고 싶은' 소중한 존재임을 일깨워주지요.

얼마 전 신문에서, 안나푸르나 등반에서 조난당한 젊은 대원의 일기를 보았어요. 그분은 삼십대 초반의 나이였던 것 같고, 사고 당하기 전날 밤 쓴 글이라 해요. 일부러 고심해 다듬은 글이 아닌데, 어떻게 칼바람이 부는 텐트 안에서 군더더기 하나 없는 글을 쓸 수 있었는지, 감탄과 존경의 마음을 이길 수 없었어요. "입이 벌어질 정도로 어마어마한 남벽南壁 아래서 긴 호흡 한 번 내쉬고, 우리는 없는 길을 가야 한다. 길은 오로지 우리 몸속에 있다는 것을 깨달으며, 밀고 나가야 한다. 어떤 행운도 이떤 요행도 없고, 위로도 아래로도 나 있지 않은 길을 살아서 돌아와야 한다."

이 글은 글쓰기의 완벽한 은유로서, 글 쓰는 사람이 가야 할 길을 준엄하게 예시하고 있어요. 글을 쓴다는 것은 생이라는 깎아지른 절벽 앞에 마주 서는 거예요. 그 앞에서는 온갖 지식과 경험이 쓸데없는 일이 돼요. 글쓰기에 앞서 우리가 내쉬는 긴 호흡은 어떤 도저한 각오이면서 비장한 결단일 거예요.

글쓰기를 통해 우리가 나아가는 길은 세상 어디에도 없는 길이에요. 이 길은 오직 우리 자신이 만들어내야 하므로, 우리 몸속에 숨겨져 있다고 할 수 있어요. 가령 거미 같은 곤충을 보세요. 자기 몸속에서 토해낸 실을 밟고 공중에서 옮아가잖아요. 그처럼 이 길은 오직 우리 자신 속에서만 만들어질 수 있어요.

이 길은 김수영과 나쓰메 소세키처럼 '온몸으로' '소처럼' 밀고 나아가는 길이에요. 그리고 마지막에는 어떤 요행도, 행운도 없는 그 길에서 살아 돌아와야 해요. 그렇지 않다면 목숨을 건 여정이 무슨 의미가 있겠어요. 그처럼 삶은 의무이며 희망이에요.

저는 이분의 글을 늘 잊지 않으려고 해요. 여러분 가슴에도 이 글이 깊이 새겨졌으면 좋겠어요.

'우리 언니는 술 취했을 때'

　지난 시간에 산에 대한 얘기를 했지요. 다시 생각해봐도, '보고 또 보아도 보고 싶은 산, 가고 또 가도 가고 싶은 산'이라는 명구名句만큼 아름다운 시가 없고, 조난당한 젊은 등반대원의 일기만큼 치열한 산문이 없는 것 같아요. 아마 이 글을 쓴 분들에게 좋은 시를 쓰겠다, 좋은 산문을 쓰겠다는 의식이 있었다면 이런 글이 안 나왔을 거예요. 회한하게도 시를 잡으려 들면 시는 천리만리 도망가요. 하지만 그 마음이 없으면 시는 언제나 우리 안에 깃들여 있지요.

사실 저는 문학잡지나 시집에서보다, 시와는 상관없는 데서 시를 느끼는 경우가 더 많아요. 가령 시가 무엇이냐는 질문을 받을 때마다, 제가 드는 예는 80년대 민해경이라는 가수가 부른 노래 가사예요. "인생의 반은 그대에게 있어요. 나머지도 나의 것은 아니죠." 이게 딱 시예요. 보세요, 허를 찌르고, 칼끝이 정확히 자기를 향해 있잖아요. 다시 말해, 이 노래의 화자가 자기를 불리한 구석으로 몰아넣는 거지요. 살면서 우리는 늘 자기한테 유리하게 하기 때문에, 조금이라도 그렇게 하려고 해야 계산이 맞아요. 이 어법이 너무 재미있어서, 저도 가끔 설거지할 때 아내에게 이런 노래를 불러줘요. "설거지의 반은 그대 몫이죠. 나머지도 나의 몫은 아니죠." 이건 시가 아니라 개그예요. 저 자신이 아니라 아내를 불리하게 하고 있으니까요.

　시가 우리한테 감동을 불러일으키는 건 우리로 하여금 화자의 자리에 서게 하기 때문이 아닐까 해요. 다시 말해 시적 감동이란 독자가 화자의 자리에 서서, 화자의 눈으로 보고 느낄 때의 놀라움, 서러움, 막막함 같은 것이 아닐까 해요. 제가 시 창작 수업 들어가서 늘 하는 얘기가 있어요. 인터넷에서 본 초등학생 답안지인데, 어른이 아이에게 선물을 주는 그림이 있고, 그 밑에 나섯 자 들어가게 빈칸이 있어요. 문제는 '이럴 때 뭐라고 합니까?' 거기에 적힌 답이 '뭐 이런 걸 다……'예요. 그리고 한 아이가 막 지나가려 하는데 다른 아이가 흙장난을 하는 그림이 있어요. 문제는 똑같아요. '이럴 때 뭐라고 합니까?' 답은 '씨발아, 비켜라.' 이 답안을 보는 순간 우리는 그것을 쓴 아이의 자리에서 아이와 같이 생각하는 거예요. 단, 이 대답들이 재미있기만 하고 시가 안 되는 건 그 안에 '아픔'이 없기 때문이지요.

지금까지 제가 인터넷에서 발견한 최고의 '시'는 '우리 언니는 술 취했을 때 ㅋㅋㅋ'예요. 이 글을 읽으면 수많은 감정이 동시다발적으로 올라와요. 우습고, 서럽고, 한심하고, 허망하고, 가슴 아프고…… 뭐 어떻게 입을 댈 수가 없어요. 여러 가지 맛이 한꺼번에 나는 오미자五味子 차처럼 말이에요. 아주 오래전에 '아더매치'라는 말이 유행했었지요. 아니꼽고, 더럽고, 매시꼽고, 치사하고…… 그처럼 시가 주는 감동은 여러 가닥 감정의 전선電線들로 이루어져 있어요. 하나의 의미로 귀결되는 산문과 달리, 시는 대상을 고정된 의미로부터 해방시켜요. 그 때문에 시는 비둘기

목 색깔처럼 보는 방향에 따라 달라져요. 자, 이제 읽어볼
게요.

  아빠가 운동하고 먹는 가루약? 같은 게 있었음
  물에 타 먹는 건지 뭔지 통에 담겨져 있고 운동 후라고
적혀 있었는데
  언니가 술 먹고 운동 후라고 적힌 걸 윤동주로 보고 윤
동주 시인 유골이 왜 여기 있냐면서 마당에 뿌림
  그날‥ 아빠도 울고 언니도 울었다‥‥

  저는 이게 실화實話인지 아닌지, 잘 모르겠어요. 실제 일
로 보기에는 너무 황당하고, 아니라고 보기에는 너무 진지
하고…… 한편으로는, 일제 때 순사殉死한 시인과 그의 유
골이라는 비극적 숙연함과, 다른 한편으로는 '운동 후'를
윤동주로, '가루약'을 뼛가루로 착각한 희극적 상황이 오
버랩되어, 대체 울어야 할지 웃어야 할지 모를 지경이에요.
술 취한 언니가 벌이는 이 소동의 절정은 아빠가 언니와 함
께, 아니 언니보다 먼저 울었다는 거예요. '그날‥ 아빠도
울고 언니도 울었다‥‥' 이보다 한심하고 가슴 아픈 일이

있겠어요. 언니야 만취해서 제정신이 아니니 우는 게 당연하지만, 그런 딸을 바라보며 우는 아빠의 심정이 어떻겠어요.

저에게 이 상황은 「공무도하가」라는 옛날 노래를 생각나게 해요. 술 취해 강을 건너려다 물에 빠져 죽은 백수광부白首狂夫와, 공후箜篌를 타며 슬픈 노래를 부르다가 강에 몸을 던지는 그의 처妻는 '우리 언니는 술 취했을 때'에서 딸과 아빠에 대입돼요. 이 노래는 아주 짧지만, 거기에 얽힌 이야기가 길어요. 그 슬픈 광경을 목격한 뱃사공 곽리자고藿里子高가 그의 아내 여옥麗玉에게 사연을 들려주자 그녀가 공후를 잡고 그 노래를 따라 하고, 다시 그녀의 친구 여용麗容이 이 노래를 배워, 세상에 전해지게 되었다는 거지요. 그처럼 슬픔은 다른 어떤 감정보다 큰 전염력을 가지고, 세상 끝까지 살아남는지 몰라요. 사실 이 노래 자체는 마른 나무토막을 씹는 것처럼 느낌이 잘 우러나지 않아요. '시'는 오히려 거기에 딸린 뒷이야기, 되풀이되는 슬픔의 역사歷史에 있는 게 아닐까 해요.

'우리 언니는 술 취했을 때'에서 여동생이며 딸인 화자는 「공무도하가」에서 여옥과 여용처럼 이야기 뒤에 숨어 있어요. 독자는 이 글의 화자와 함께, 혹은 화자가 되어 극적인 상황을 보고 듣고 느끼게 되지요. 극단적으로 말하면 '시'는 가루약을 마당에 뿌리는 언니나, 딸의 어처구니없는 술주정을 바라보는 아빠에게 있는 것이 아니라, 언니와 아빠의 한심한 모습(그건 손 쓸 수도, 손 댈 수도 없는 우리 인생의 은유이지요)을 그려 보여주는 여동생(딸)에게 있는 게 아닐까 해요. 다시 말해 독자가 이 어처구니없는 이야기를 들려주는 화자의 자리에서, 화자의 눈으로 아빠와 언니를 바라볼 때, 비로소 '시'는 생겨나는 것이지요. 어느 바닷가에 가나 바다 전체의 아름다움을 내다볼 수 있는 자리가 있다고 하듯이, 어느 상황에서나 '시'가 발생하는 화자의 자리가 있기 마련이에요. 이 자리는 속일 수 없는 자리예요. 이 자리에 서 있지 않으면서, 서 있는 것처럼 거짓말할 수는 없어요. 또 이 자리가 진실하면 모든 것이 진실해요. '일진일체진一眞一切眞'이라는 말이 여기서도 성립해요.

『꽃에 이르는 길』에 실린 시들에서도 다르지 않아요. 우선 『시경詩經』의 시들을 보세요. "바로 그이는 강 저쪽에 있는데, 물결 거슬러 그를 쫓으려 하니 길은 험하고도 멀고,

물결 따라 그를 쫓으려 하니 여전히 강 가운데 있네."(「갈
대」) "도꼬마리 캐고 캐도 납작 바구니에 차지도 않네. 아,
그리운 님 생각에 한길 위에 바구니를 내던지네."(「도꼬마
리」) 이 시들을 읽기 시작하자마자, 우리는 사랑에 빠진 고
대의 여인이 되는 거예요. 이는 "달하 노피곰 도다샤 어긔
야 머리곰 비취오시라. 져재 녀러신고요 어긔야 즌 데를
드데욜세라"라는 「정읍사」의 구절이나, "어져 내일이야
그릴 줄을 모르다냐. 이시랴 하더면 가랴마는 제 구태여
보내고 그리는 정情은 나도 몰라 하노라"라는 황진이의 시
에서도 다르지 않아요. 이에 비해 고귀하고 기품 있는 인
물을 기리고 그리워하는 향가 「찬기파랑가」와 「모죽지랑
가」를 읽을 때, 우리는 자기도 모르게 남성 화자가 되는 거
예요.

우리 현대시에서 시적 화자와 독자의 동화同化가 가장
친밀하게 일어나는 것은 김소월의 시에서일 거예요. 소월
시는 독자로 하여금 거의 본능적으로 화자의 자리에 서게
만들어요. 「못 잊어」「먼 후일」「예전엔 미처 몰랐어요」 등
에는 기발한 비유나 독창적인 사유思惟 같은 건 별로 찾아
볼 수 없어요. 모든 것이 어조와 운율, 박자와 리듬으로 이

루어져 있어요. 그것들을 통해 화자의 정서가 독자에게 곧바로 전달되는 것이지요. 「산유화」나 「초혼」 같은 시들에서도 다르지 않아요. 이 시들의 힘은 화자의 절실한 감정이 독자의 가슴속에 고스란히 이식됨으로써 생겨나는 것이라 할 수 있어요.

　마지막으로 당대唐代 여류 시인 설도薛濤의 「춘망사春望詞」를 읽어보지요. 이 시는 안서岸署 김억金億이 '동심초'라는 제목으로 우리말로 옮겼는데, 번역이 아름다울 뿐 아니라 여기에 붙인 노래도 너무 좋지요. 저는 원문에 가깝게 옮겨보았어요.

　풍화일장로風花日將老
　바람에 시달리는 꽃들은 나날이 시드는데

　가기유묘묘佳期猶渺渺
　아름다운 기약은 까마득히 멀기만 하네

　불결동심인不結同心人
　같은 마음 지닌 두 사람 맺어지지 않고

　공결동심초空結同心草
　같은 마음 지닌 풀잎들 헛되이 맺어지네

여기서, 지난 시간에 읽은 안나푸르나 등반대원의 일기를 다시 생각해보세요. "입이 벌어질 정도로 어마어마한 남벽南壁 아래서 긴 호흡 한 번 내쉬고, 우리는 없는 길을 가야 한다." 물론 이 시의 정서가 그처럼 비장하거나 비극적인 것은 아니에요. 하지만 꽃잎이 마구 떨어져 내리는 봄날, 언제 다시 만날지 모르는 사람을 그리워하는 심정은, 끝이 보이지 않는 절벽 앞에 서 있는 사람의 마음과 뭐 다를 게 있겠어요. 이 시를 볼 때마다 가슴이 먹먹해지는 것은 시를 읽는 제가 저도 모르는 사이 화자의 자리에 서 있기 때문이지요. 스무 자로 이루어진 이 시를 요약하는 한 글자가 있다면 '묘渺'일 거예요. 이 글자는 물[水]과 눈[目]과 적음[少]으로 이루어져 있어요. 그러니까 '아득히 물 건너편에 아슴아슴하게 보이는 것'이 아닐까 해요. 몽매에도 잊히지 않는 그리움을 이보다 잘 표현하는 말이 있을까요. 그리고 이 가슴 에이는 한 글자 안에서, 화자와 독자를 어떻게 구분할 수 있겠어요. 그래서 때로 시라는 것이 사람을 미치게 하는 것 아닐까 해요. "시는 존재의 한 순간을 잊을 수 없게 하고, 견딜 수 없는 향수에 젖게 한다"는 쿤데라의 말은 바로 이런 시를 두고 하는 것이겠지요.

세 가지 이야기

오늘 하려는 이야기는 평소에 몇 번 해드렸던 것들이에요. 그런데도 다시 하는 건 두 가지 이유에서예요. 먼저, 저 스스로 이 얘기들을 기억하고 되새기기 위해서예요. 선생이라는 직업이 좋은 건 수업하면서 스스로 복습을 할 수 있다는 거예요. 자기가 아는 것을 말해주면서 자기도 한 번 더 공부하는 것이지요. 또 하나는, 그 이야기들은 아무리 들어도 늘 새롭다는 거예요. 『성경』이나 『신곡』 같은 책을 최신간最新刊이라고 우기는 작가도 있지만, 요는 그 책들이 인간 본질에 깊이 뿌리내리고 있다는 얘기겠지요.

첫번째 이야기는 벤야민이 인용한 독일 민담이에요. 나무꾼 하나가 아침도 굶고 산에 나무 하러 갔다가, 어떤 소원이든 세 가지는 확실하게 들어주는 도깨비 방망이를 주웠대요. 집에 돌아와 아내에게 한바탕 자랑을 하고 나니 배가 출출해서, '어디 소시지라도 하나 있었으면' 했대요. 그랬더니 소시지가 턱 나타나고, 그걸 본 아내가 화가 나서 '그놈의 소시지 코에나 달라붙어라' 하니, 코에 쩍 달라붙었대요. 나무꾼이 엉엉 울면서 '제발 소시지가 코에서 떨어졌으면' 하니 코에서 떨어졌대요. 그래서 정말 세 가지 소원이 확실히 이루어졌다는 거지요.

　『우리는 사소한 것에 목숨을 건다』는 책 제목도 있지만, 정말 중요한 것은 내버려 두고 사소하고 쓸데없는 짓만 하다가 끝나는 것이 우리 삶이잖아요. 드 멜로 A. de Mello 신부는 삶이란 우리가 딴생각하고 엉뚱한 데 한눈 파는 사이 흘러가버리는 어떤 것이라 했어요. 극단적으로 말하면 딴생각하고 엉뚱한 짓 하는 것이 삶이고, 그 외에 다른 삶이 있는 건 아니지요. 아무리 귀한 금반지를 사서 끼워주어도 그걸로 엿 바꿔 먹는대야 도리가 없지요. 그리하여 후회와 회한은 어리석기 짝이 없는 우리 자신의 자업자득이에요.

문제는 그걸 알아도 좀처럼 멈출 수 없다는 거예요. 글 쓰는 볼펜으로 남의 눈을 찌르지 않으면 그나마 다행이라 할까요.

두번째는 핑켈크로트A. Finkielkraut가 인용한 헨리 제임스의 『밀림 속의 야수』에 나오는 이야기예요. 주인공은 자기 인생에서 어떤 무서운 존재가 나타날 것 같은 예감에 두려워 떨고 있었대요. 마침 주위에 한 여자가 있어서 그 얘기를 했더니, 그 두려운 일을 같이 기다려보자고 했더래요. 십 년이 가고, 또 이십 년이 가고, 그래도 아무 일도 일어나지 않았고, 마침내 그 여자도 죽고, 어느 날 그녀가 묻힌 공동묘지를 찾아가 벤치에 앉아 있는데, 저쪽에서 한 젊은 남자가 펑펑 울면서 오는 것을 보고 비로소 알게 되었대요. 자기 삶에 나타날 그 무시무시한 존재가 바로 그 여자였다는 것을.

제가 이 얘기를 친구한테 해주었더니, 그 친구도 너무도 인상적이었던지 그날 밤 꿈을 꾸었대요. 여러 날 집을 비웠다가 돌아오니 아내가 죽어 누워 있더래요. 그 친구는 지난 세월 한 번도 아내를 사랑하지 않고 딴짓만 해온 것이 너무 미안하고 가슴 아파 방바닥을 치며 울다가 깨어

보니 꿈이더래요. 그 얘기를 또 자기 아내한테 했더니, 아내 또한 며칠 뒤 꿈을 꾸었는데, 자신이 어느 낯선 집에 시집 와 있더래요. 여기는 자기 있을 데가 아니라고, 어쩌든지 집에 가야 되겠다고 보따리를 싸들고 나오는데, 시어머니와 시누이들이 막 잡더래요. 그래서 '멜롱' 하고 혀를 내미는데 꿈이 딱 깨더래요.

방금 제가 해드린 이야기의 구조, 어디서 본 듯하지 않나요. 전에 '우리 언니는 술 취했을 때' 얘기할 때 말씀드렸지요. 곽리자고라는 뱃사공이 백수광부 부부의 슬픈 사연을 그의 아내 여옥에게 들려주자, 그녀가 공후를 잡고 노래를 따라 하고, 다시 그녀의 친구 여용이 그 노래를 배워, 세상에 전해주게 되었다는 것 말이에요. 그처럼 어떤 보편성을 지닌 이야기는 강한 전염력을 가지고, 시공時空을 뛰어넘어 되풀이되는 듯해요. 전에 김현 선생이 말한 '뜨거운 상징'도 이런 것이 아닐까 해요.

두번째 이야기의 핵심은 '사소한 것'을 중히 여기다가 '중요한 것'을 놓치는 첫번째 이야기와 달리, '중요한 것'을 찾다가 '사소한 것'의 중요성을 놓치는 어리석음을 빗대는 것으로 보여요. 달리 말해, 첫번째 이야기가 일상의 사소함에 신경 쓰다 삶의 본질을 놓쳐버리는 어리석음을 풍자한다면, 두번째 이야기는 삶의 본질을 추구하다 일상의 중요성을 놓쳐버리는 어리석음을 풍자하는 것이지요. 이처럼 일상이란 긍정과 부정의 양면성을 지니는 것이에요.

문제는 막상 우리 앞에 닥친 일이 이 두 가지 이야기 패턴 가운데 어느 쪽에 해당하는지 모른다는 거예요. 그 결과 해야 할 일은 팽개쳐 두고 안 해야 할 일만 골라 한다거나, 자기 일은 내버려 두고 남의 일에 시비를 걸게 되는 거지요. 교회에서는 기도를 이렇게 해야 한다고 해요. "하느님, 제가 할 수 없는 일이라면 받아들일 믿음을 주시고, 제가 할 수 있는 일이라면 밀고 나갈 용기를 주십시오. 그리고 무엇보다 이 두 가지를 구분할 수 있는 지혜를 주십시오." 믿음과 용기보다 더 필요한 건 지혜예요. 만약 지혜가 없다면 자기뿐만 아니라 다른 사람도 힘들게 하고 일도 망치게 돼요.

시인이 하는 일도 다르지 않을 거예요. 즉 자신의 삶 속에서 이 두 가지 패턴을 찾아내는 것. 그리하여 자신이 제대로 살고 있지 않다는 것을 보여줌으로써, 독자 또한 자기 삶을 뼈아프게 되돌아보게 하는 것. 그리하여 시인이 찾아낸 이야기들은 독자의 삶 속에서 반복 변주되면서 끊임없이 다시 태어나는 것이지요. 언젠가 제가 말씀 드린 적이 있을 거예요. 시가 추구하는 것은 대상의 여러 디테일들 가운데서, 전체를 좌우하는 핵심적인 디테일을 찾아내는 것이라고요. 그것은 또한 이렇게 풀 수도 있어요. 시가 추구하는 것은 대상의 어떤 하찮은 디테일이라도 전체를 좌우하는 핵심적인 디테일이 될 수 있다는 걸 보여주는 거라고요.

세번째는 벤야민이 인용하는 헤로도토스의 『역사』에 나오는 이야기예요. 이집트 왕을 굴복시킨 페르시아 왕이 그에게 굴욕감을 주려고, 그의 딸인 공주를 노비로 끌고 가는 모습을 보여줬지만, 조금도 흔들리지 않더래요. 그래서 그의 아들인 왕자들을 처형장으로 끌고 가는 모습을 보여줬지만, 여전히 꿈쩍도 않더래요. 마지막으로 그의 시종인 늙은 하인을 끌고 가는 모습을 보여줬는데, 느닷없이 그가 대성통곡을 하더래요. 대체 어떤 연유로 그랬는가에 대해, '왕이란 본디 자기 일이 아니라 남의 일 때문에 운다'거나, '자기 자식들 때문에 막바지에 오른 왕의 슬픔이,

늙은 하인으로 인해 흘러 넘치게 되었다' 하기도 한다지만, 정작 헤로도토스는 아무 말도 하지 않았고, 그 때문에 이야기는 수천 년을 살아남게 되었다는 거예요.

이를 통해 벤야민이 역설하는 것은, 의미 전달이 끝나자마자 효과가 소멸하는 '정보'와 달리, '이야기'는 그 의미를 최종적으로 유보하기 때문에 계속 살아남는다는 거예요. 이 같은 '이야기'의 소생 능력을 벤야민은 피라미드에서 발견한 '밀알'에 비유해요. 수천 년 버려져 있던 씨알에 물을 주면 싹이 튼다는 거지요. 최근 시베리아 동토凍土에서 발견한 씨앗에서 만 이천 년 전 패랭이꽃이 피어났고, 미국의 암염 광산에서 채취한 소금물에서 일억 년 전 박테리아가 헤엄쳐 나왔다고 해요.

그처럼 '아는 것'이 정보의 생명이라면 '모르는 것'은 이야기의 생명이에요. '모르는 것'이 남아 있어 '아는 것'을 부추기기 때문에, 이야기는 계속 살아 있을 수 있어요. 반지름과 원의 넓이처럼, '아는 것'이 많아질수록 '모르는 것'은 제곱으로 많아진다잖아요. '아는 것'이 무엇이냐는 안회顔回의 물음에, 공자는 이렇게 대답해요. "아는 것을 안다 하고, 모르는 것을 모른다고 하는 것이 아는 것이다."

그러니까 '아는 것'은 '모르는 것'을 아는 것이고, 안다고 생각하면 모르는 거예요. 문제는 '모르는 것'에 있지 않고, '모르는 것'을 안다고 생각하기 때문에 생기는 거예요.

이 세 가지 패턴은 각기 시사하는 바 크지만, 함께 놓고 볼 때 그 의미가 확장돼요. 혹은 함께 놓고 볼 때만 그 의미를 온전히 파악할 수 있어요. '태어나지만 어디서 온지 모르고生不知來處 죽지만 어디로 가는지 모르는死不知去處' 인생의 어떤 이야기도 이 세 가지 틀을 벗어날 수 없어요. 다시 말해 이 세 가지 틀로써 세상의 모든 희로애락喜怒哀樂 우비고뇌憂悲苦惱를 설명할 수 있어요. 여기서 '셋'이라는 숫자가 중요한 듯해요. 두 가지만으로는 부족하고, 세번째가 있어야 빠져 나가는 부분을 막을 수 있어요. 가령 '진선미眞善美' 가운데, '진'과 '선'을 평면의 가로축 세로축으로 보자면, '미'는 입체의 높이축으로 볼 수 있어요. 또 세상의 일들 가운데, '나의 일'과 '남의 일'을 가로축 세로축으로 보자면, '신神의 일'은 높이축으로 볼 수 있지요. 아버지 어머니와 아들의 관계도 마찬가지예요. 여기서 높이축은 바로 시간의 축이지요.

지난번에 제아미의 세 가지 미학, '동일성' '차별성' '무경계'를 세 가지 좌표축으로 은유화해 말씀드렸지요. 현실 경계 안에 있는 '동일성'과 '차별성'을 가로축과 세로축으로 보자면, '무경계'는 그 위로 나 있는 높이축에 해당된다고요. 또 십여 년 전 어느 자리에서 제가 문학에 대해 말한 게 있는데, 이 또한 세 가지 좌표축으로 이해될 수 있어요. "문학이란 그것을 말하지 않으면 모든 게 허위가 되고, 그것을 말하면 모든 게 스캔들이 되는 것입니다(가로축). 또 문학이란 그것을 말하기 전에는 모든 게 '이놈' '저놈'으로 있다가, 그것을 말함으로써 '이분' '저분'의 상태로 드높여지는 것을 말합니다(세로축). 마지막으로 문학은, 등을 긁을 때 오른손으로도 왼손으로도, 위로도 아래로도 닿지 않는 것처럼, 말할 수 없는 것을 말하려다 실패하는 것입니다(높이축)."

이 좌표축들 가운데 마지막 축은 '불가능'이에요. 아니, 따지고 보면 세 좌표축 모두 '불가능'이에요. 왜냐하면 다른 두 축 또한 '불가능'에 닿아 있고 그것 없이는 성립할 수 없기 때문이지요. 궁극적으로 세상 모든 존재들은 불가능이에요. 지금 여기 있기는 하되, 본래 없었고 앞으로도 없을 것이니까요. 그래서 전에 제가 $n+1 = 0 \, (n \geq 0)$이라는 말도 안 되는 공식을 만들어보았던 거예요. 우리는 우리 자신이 누구인지, 우리가 사는 세상이 무엇인지 알 수 없어요. 도무지 안다는 것은 불가능해요. 그렇다고 알려고 하지 않으면 모르는 것도 없어져요. 『주역』의 한 구절을 가져와 제 얘기를 끝맺도록 할게요.

과차이왕過此以往 미지혹지未之或知
이를 넘어서는 것은 혹 알 수 없는 것이니

궁신지화窮神知化 덕지성야德之盛也
신묘함을 궁구窮究하고 변화를 아는 것이 덕德의 성대함이다.

'있음-없음'에서 '없음-있음'으로

항상 정에 굶주려 스킨십을 원하는 아이가 있었다고 해요. 그 애 엄마는 미혼모였는데, 친정 부모에게 아이를 맡기고, 휴가 때나 들러 장난감을 사 주고 갔다고 해요. 그 애 외할아버지는 '저놈이 내 딸 신세 망쳤다'며 지독히 미워했대요. 그러나 잘 생각해보면 아이는 제 엄마의 불장난의 결과인데, 결과를 원인으로 착각하고 죄 없는 아이를 미워한 것이지요.

우리의 삶 태반이 이런 식으로 이루어지는 것 아닌가해요. 우리는 자신의 행동을 스스로 선택했다고 생각하지만 사실 그렇지 않은 경우가 더 많아요. 우리의 가치 판단은 인류의 생물학적인 조건에서 시작하여, 당대의 체제, 이데올로기, 전통, 관습 등에 묶여 있지요. 우리는 삶이 자신의 것이라고 믿고 있지만, 이는 무지無知라는 것조차 모르는 '무지'일 뿐이에요.

『금강경』에서는 "보살은 보살이 아니라, 그 이름이 보살菩薩卽非菩薩 故是名菩薩"이라고 해요. 우리가 '보살'이라고 알고 있는 것은 관념이나 개념에 불과할 뿐, 보살이라는 어떤 실재가 따로 있는 게 아닐 거예요. 그렇기 때문에 보살은 느티나무가 될 수도 있고 아파트가 될 수도 있어요. 틱낫한의 어법을 빌면, 보살은 보살을 제외한 다른 모든 것이라 할 수 있지요.

일체가 개념 혹은 관념이며, 이것들은 우리도 모르게 주입된 것이에요. 우리는 이것들을 실재라 여기며, 우리 자신의 판단이 전혀 근거 없다는 사실을 한 번도 의심하지 않아요. 가령 우리가 남자라 해서 남자 백 프로가 아니고, 여자라 해서 여자 백 프로가 아니라 하잖아요. 남자 안에 여자가 들어 있고, 여자 안에는 남자가 들어 있다고 해요. 생각해보면 우리 안에 우리도 모르는 것들이 얼마나 많겠어요. 우리가 의식 못하는 것들 모두가 우리를 이루는 것들이겠지요.

우리 안에 있지만 의식화되지 않은 그것을 '타자他者'라 해요. 현대성이란 '타자의 발견'이라고 하지요. 현대시의 출발점인 보들레르의 『악의 꽃』은 처음으로 악을 아름다움의 타자로 인정했어요. 또한 "나는 타자다"라고 말하는 랭보는 우리 자신이 사고思考의 주체가 아니라 객체라는 사실을 선언하지요. 이는 고정된 실체란 존재하지 않는다는 『금강경』의 '즉비卽非' 논리와 맞닿아 있어요. 가령 여성 앞에서 나는 남성이지만, 같은 남성 앞에서는 여성이 될 수도 있어요. 나의 정체성은 타자와의 관계에 의해 만들어질 뿐이에요. 나는 타자의 그림자이며, 나의 삶은 타자의 그림자놀이라 할 수 있지요.

흔히 인생이란 바꿀 수 없다고 해요. 하지만 인생에 대한 관점, 다시 말해 인생관은 바꿀 수 있지요. 그런데 인생관을 바꾼다는 것은 곧 인생을 바꾸는 것 아니겠어요. 『금강경』의 논리에 따르자면, 인생은 인생이 아니라 그 이름이 인생이니까요. 우리가 인생이라고 부르는 것은 단지 우리 자신의 관념에 불과합니다. 그러니 바꿀 수 없는 인생을 바꿀 수 있다는 희한한 일이 벌어져요. 십자가의 수난으로 부활이 가능하다는 '파스카Pascha'의 신비나, 고통이 없다면 고통의 소멸에 이르는 길도 없다는 '사성제四聖諦'의 진리도 이렇게 인생을 바꾸는 것입니다.

우리 마음은 비울 수가 없다고 하지요. 단지 나쁜 마음을 좋은 마음으로 바꿀 수 있을 뿐이에요. 욕심을 버리라고 하지만 이건 말이 안 돼요. 욕심을 버리려는 것 또한 욕심이기 때문이지요. 마음을 비웠다고들 하지만, 비웠다고 말하는 게 마음이에요. 마음을 비운 사람은 비웠다고 말할 필요가 없고, 겸손한 티를 내는 사람은 겸손한 사람이 아니에요.

텔레비전 보는 아이를 때리면 공부는커녕, 공부에 대한 염증만 커지지요. 공부가 얼마나 재미있는지 알게 해주고, 그래서 공부하고 싶은 마음이 나게 하면, 자연히 텔레비전을 안 보게 되는 거지요. 겨우내 강가에는 시든 갈대 천지지만, 봄이 되면 하나도 안 보이잖아요. 새잎이 나면 헌 잎은 자연히 사라지는 거예요. 무엇을 바꾼다는 것은 이런 거예요. 어쩌든지 없애려고 하면 다른 식으로, 더 큰 힘으로 뛰쳐나와요. 공을 바닥에 내치면 더 높이 튀어 오르잖아요.

불교에서 '파사현정破邪顯正'이라는 말은 세 가지 뜻으로 새길 수 있다고 해요. 첫째, 그른 것을 부수고 바른 것을 드러낸다. 둘째, 그른 것을 부수고 나면 그 상태가 바른 것이지, 달리 바른 것을 드러낼 필요가 없다. 셋째, 바른 것을 드러내면 자연히 그른 것이 사라지므로, 새삼 그른 것을 부술 필요가 없다. 여기서 특히 세번째 뜻이 재미있어요. 좋은 게 나타나면 나쁜 건 자연히 물러나요. 빛이 나면 어둠은 그냥 사라지는 것이지, 어둠을 따로 퍼낼 필요가 없잖아요.

지금 우리가 사는 세상은 우리가 만든 환상일 뿐이에요. 환상을 다른 말로 바꾸면 말, 이름, 관념, 개념, 이미지가 되겠지요. 그것들은 모두 허망한 분별의식에서 나온 거예요. 일체가 환상이라면, 환상에서 빠져나오려는 것 또한 환상이 아닐 수 없어요. 작년에 어떤 분이 책을 보내와서 답장을 드렸어요. 이 삶이 병인데, 이 병 안에서 다른 병을 앓지 마시라고. 세상이라는 꿈속에서, 다시 세상을 빠져나가는 꿈을 꾸니 얼마나 힘들겠어요.

그렇다고 모든 환상이 다 나쁜 건 아니에요. 가령 종양에는 악성 종양과 양성 종양이 있듯이, 환상에도 악성 환상과 양성 환상이 있어요. 악성 환상은 세속에 물든 마음으로 나를 괴롭히고 남을 괴롭혀요. 이에 반해 양성 환상은 우리에게 안심과 평화를 가져다주는 환상이에요. 새 물을 부으면 흐린 물이 빠져나가듯이, 양성 환상이 들어오면 악성 환상은 자연히 힘을 잃게 돼요.

사실 인생이 따로 있는 게 아니고, 지금 우리가 바꾸려 하는 몸부림 그대로가 인생입니다. 사르트르의 『자유의 길』의 주인공은 퐁뇌프 다리 위를 지나가다가 껄껄 웃습니다. 도대체 자유가 무엇인지 오랫동안 고민해오다가, 한순간 깨달은 것입니다. 자유란 멀리 있는 것이 아니고, 자기가 바로 자유라는 것을. 인생을 선택하고 결행하는 것이 자신이기 때문이지요.

『선과 문학』이라는 일본 작가의 책에도 같은 얘기가 나와요. 어릴 때부터 인생이 무엇인지 의문을 품고 살아온 작가는 어느 날 문득 '아, 이걸 가지고 그랬나' 하며 허탈한 웃음을 터뜨렸대요. 인생이 뭔지 질문하는 것이 인생이지, 달리 인생이 있는 게 아니라는 거지요. 이를테면 사건을 수사하던 형사가 자신이 범인이라는 것을 깨닫는 것과 같은 얘기예요. 이것이 바로 오이디푸스적 구조예요. 그처럼 본래부터 가지고 있는 것을 찾으러 나서면 백 년 천 년이 가도 헛일이에요.

옛날 임제 선사가 스승인 황벽에게 '도道'를 묻다가 세 차례 얻어맞고, 대우한테 가서 깨달은 것이 '이것'입니다. 때리는 게 '이것'이고, 맞는 게 '이것'이에요. 돌아보니 일거수일투족 '이것' 아닌 것이 없는 겁니다. '이것'으로 '이것'을 물었으니 도무지 알 길이 없었던 거지요. 말하자면 눈으로 눈을 찾고, 애 업고 애 찾는 격이에요. 그래서 '은산철벽銀山鐵壁'이 본래 자기이고, '금강권金剛圈'이 본래 마음이라는 걸 알면 공부가 끝난다는 것입니다.

'자유'라 하든 '인생'이라 하든 '도'라 하든, '이것'에 대해서는 묻고 답할 수가 없어요. 묻는 것이 '이것'이고 답하는 것이 '이것'이기 때문이지요. '이것'은 잡을 수도 놓을 수도, 취할 수도 버릴 수도 없습니다. 파리 같은 곤충은 어디에나 앉을 수 있지만 불꽃 위에는 앉을 수 없듯이, '이것'에는 도무지 접근할 수가 없습니다. 그러나 '이것'을 추구하는 자 자신이 '이것'이라는 사실이 납득되면 문제는 너무도 쉽게 해결됩니다.

이처럼 세상을 바꾼다는 것은 세상에 대한 관념을 바꾸는 것입니다. 그리고 그것은 그 관념 밑에 숨어 있는 메타포를 바꾸는 거예요. 우리가 살고 있는 이 '관념-세상'을 인형극에 비유하자면, 커튼 뒤에서 인형을 조작하는 것이 바로 메타포라 할 수 있어요. 어떤 관념도 메타포 아닌 것이 없으므로, 우리가 사는 세상은 메타포의 손자뻘이 되는 셈이지요. 도무지 우리는 메타포를 넘어설 수가 없어요. 그리고 이 말 또한 메타포예요. 방금 우리는 메타포가 '장애물'이라는 또 다른 메타포를 사용한 것입니다.

혹은 모든 관념 뒤에 욕망이 움직인다고 할 수도 있어요. 어떤 관념이든 욕망과 관계되지 않은 것이 없어요. 또 모든 관념 뒤에 내러티브가 움직인다고 할 수도 있어요. 욕망, 메타포, 내러티브는 본래 하나예요. 그리고 그것들을 드러내는 여러 문학 장르 또한 서로 다른 것이 아닐 거예요. 시가 메타포를 추구한다면 소설은 내러티브를 구성하는 것이고, 그 이면에는 욕망이라는 에너지원源이 있어요. 메타포가 공간적이라면 내러티브는 시간적이고, 그 둘을 배태하는 자궁이 욕망인 셈이지요.

이제 내러티브로 이야기를 옮겨가볼까요. 가령 하강

descente과 추락chute은 똑같이 위에서 아래로 향하는 과정을 이야기하지만, 그 의미는 전혀 달라요. 하강은 자기 의지로 행하는 것(내려가기)인 반면, 추락은 자기 의지와는 관계없이 일어나는 일(떨어지기)이에요. 또한 하강은 다시 돌아올 가능성을 내포하지만, 추락은 돌아올 가능성이 전혀 보이지 않아요. 아시다시피 모든 영웅 신화에는 '하강'의 모티프가 들어 있어요. 갖가지 고난을 겪은 주인공이 언젠가는 금의환향한다는 것이지요. 지옥에 내려간 오르페우스가 그렇고, 죽음에서 부활하는 그리스도가 그렇습니다.

이것은 또한 시련épreuve과 불행malheur의 테마로도 읽을 수 있어요. 『맹자』에는 하늘이 귀한 사람을 낼 때는 시련을 준다는 말이 있습니다. 백석白石의 시에도, 내가 지금 이렇게 힘든 것은 하늘이 나를 귀하게 만들기 위해서라는 구절이 있어요. 그리고 릴케도 그 비슷한 말을 해요. 만약 우리가 훌륭한 사람으로 성장한다면 우리 앞의 괴물은 아름다운 공주로 바뀔 것이라고. 이런 말들은 모두 하강 신화의 변주들이라 할 수 있지요.

'불행'과 '시련'의 차이점을 명확히 보여주는 예가 『구약』의 욥이라는 인물이에요. 그는 프로메테우스, 돈 주앙, 오이디푸스 등과 더불어 현대에 들어 부각된 인물이지요. 욥의 일대기에서 분명히 드러나듯이, 불행은 시나리오(내러티브)가 부여되기 이전이고, 시나리오(내러티브)가 설정되면 시련으로 바뀌지요. 즉 욥이 자기 불행을 하느님이 그를 귀한 사람으로 쓰기 위해 마련한 시련으로 이해할 때 그의 불행은 끝나는 것입니다.

이처럼 내러티브는 인생을 바꾸어주는 것입니다. '추락'을 '하강'으로, '불행'을 '시련'으로 바꿔주는 내러티브의 도움 없이, 우리가 어떻게 생사生死의 강을 건널 수 있겠어요. 말하자면 종교는 인간의 힘으로는 건널 수 없는 심연 위에 내러티브의 다리를 놓아주는 것입니다. '종교宗教'로 번역되는 religion의 어원이 '이어주다relier'라고 하지요. 그 점에서 이 말은 '저곳으로 옮겨놓다'는 뜻의 메타포와 다르지 않아요.

초월적인 인격신을 믿든 우리 내면의 신성神性을 믿든, 내러티브 아닌 종교는 없어요. 그리고 모든 종교는 '믿음'에 의해 가동됩니다. 그 때문에 자력 종교에서나 타력 종교에서나 믿음이 제일의 자리를 차지해요. 기독교에서는 그것을 '보이지 않는 실체의 확증'이라 하고, 불교에서는 '도道와 공덕의 모체'라 하지요. 그런데 사실 믿음이란 '믿을 수 없는 것'을 믿는 것이잖아요. 가령 부활을 믿지 않으면 기독교인이 아니라 하지요. 하지만 부활이라는 게 도대체 믿을 만한 일입니까?

그런데 인생을 바꾸는 여러 내러티브 중에는 외재하거나 내재하는 신성神性에 의지하지 않는 것들도 있지 않을까요. '진실하고 아름다운 것'에 대한 지향이 그런 것일 테고, 지금 우리가 갈망하는 '시' 또한 그런 걸 거예요. 다른 내러티브들과 마찬가지로 '시' 역시 '믿거나 말거나'이니까요. 요즘 우리 말고 누가 시를 신주단지 모시듯 합니까. 시는 '시'에 대한 믿음 외에 다른 것이 아니에요. 뿐만 아니라 남녀 간의 사랑도 마찬가지예요. 내러티브에 의거하지 않은 사랑은 없고, 그러한 이상 모든 사랑은 환상이에요.

『좁은 문』의 주인공 제롬은 알리사에게 보내는 편지에서 이렇게 말해요. 이탈리아에서 그토록 아름다운 경치를 보았을 때 너와 함께 있었으면 얼마나 좋았을까. 그런데 알리사의 답장이 재미있어요. "내가 거기서 너와 함께 있지 않았니? 고마운 줄도 모르는 제롬. 단 하루도 나는 너를 떠난 적이 없어. 내가 헤어져 있다고 말하는 것은 이 상태, 다만 이 상태를 말하는 거야."

헤어져 있다는 것은 바로 이 상태, '멀리 떨어져 있으면서도 항상 같이 있는' 상태입니다. 당신이 어디 있든, 나는 당신과 같이 있습니다. 내가 여기서 꽃을 보면 당신도 같이 꽃을 보고, 내가 밥 먹으면 당신도 함께 숟가락을 드는 거예요. 그런 점에서 '그리움'이란 오히려 건전하지 못한 상태라 할 수 있어요. 우리가 누군가를 그리워한다는 건 우리 안의 그가 우리 바깥으로 나와 떠도는 것 아니겠어요. 늘 함께 있는데 어떻게 보고 싶다는 말이 나오겠어요.

누구나 태어나면 죽어야 하고 아무리 가까운 사람도 헤어지기 마련이지만, 이 '믿음'의 자리에서는 이별과 죽음이 없어요. 그것을 믿지 않으면 우리 삶은 참 쓸쓸한 자리가 돼요. 현실에서 우리는 알리사의 말을 받아들일 수도 있고, 안 받아들일 수도 있지만 시의 공간, 문학의 공간에서는 얼마든지 받아들일 수 있고 받아들이지 않을 수가 없어요. 헨리 나우웬Henri J. M. Nouwen의 표현을 빌자면, "당신이 어디 있든 내가 어디 있든, 우리 사이에 놓인 땅은 거룩한 땅"이 되는 것입니다.

이 자리에 대한 믿음이 삶의 재난과 위험으로부터 우리를 지켜주는 것이지요. 이 자리, 이 공간과 순간에 대한 믿음 없이는, 인생에서 아무것도 가능하지 않아요. 카프카 식으로 말하면 어떤 행위도 믿음 없이는 이루어질 수 없습니다. 모든 행동의 근저에는 반드시 어떤 관념이 있고, 그 관념은 믿음에 의해 움직이는 거예요. 우리의 삶, 우리가 사는 세상은 '믿음'이라는 거대한 빙산의 드러난 일부일 뿐입니다.

그런데 이별도 죽음도 없는 이 자리를 지탱해주는 믿음은 그 자체 아무런 동력動力이 없습니다. 잠시라도 방치해두면 시들고 말아요. 한 순간 딴생각하면 꺼져버리는 노인들의 성性처럼 말이에요. 얼마 전 다큐 프로에서 죽어가는 돌고래를 다른 돌고래들이 자꾸만 물 위로 부양浮揚시키는 것을 보았어요. 어쩌든지 숨을 쉬게 하려는 거지요. 그처럼 믿음을 부양하는 것, 그리하여 매직아이의 구조물 같은 내러티브의 세계를 유지시키는 것, 그것이 '기도'예요.

기도는 만나Manna와 같다고 해요. 만나는 가나안으로 향하는 이스라엘 백성들이 광야에서 발견한 양식이라 하지요. 만나의 특징은 보관이나 저장이 안 된다는 거예요. 이것이 바로 기도와 닮은 점이에요. 기도의 효능은 기도하는 순간에만 있지, 잠시라도 멈추면 사라져버리지요. 그래서 매 순간 기도하지 않으면 안 된다는 겁니다. 인도의 간디는 기도를 '습관적인 열망'이라고 했어요. 하루 세 끼 먹는 밥은 거를 수 있어도, 기도를 안 하고는 잠시도 살 수 없다는 거예요.

대체 우리가 어떤 이유로 태어났고, 여기서 얼마나 살아 있을지 어떻게 알겠어요. 지금 이렇게 멀쩡히 살아 있어도 언젠가 흔적 없이 사라진다는 걸 어떻게 받아들이겠어요. 이것을 못 받아들이니까, 종교라는 가공의 내러티브를 만들어내는 거지요. 종교란 '있음'과 '없음'을 이어주는 다리, 그 이상도 이하도 아니에요. 부활이든 극락왕생이든 확인도 증명도 할 수 없는 거예요. 그러나 이 믿을 수 없는, 그러나 또한 믿을 수밖에 없는 가상의 시나리오 없이 어떻게 생사의 강을 건널 수 있겠어요.

그런데 '있음'과 '없음' 사이에 다리를 놓는 종교적 내러티브와는 다른 방식으로 내러티브를 구성할 수도 있어요. '있음-없음' 이전에 '없음-있음'의 구멍을 내는 방식이지요. 여기에는 굳은 믿음이 필요한 것이 아니라, 자세히 보고 판단하는 것만으로 충분해요. 즉 내러티브를 만들기 위해 바깥에서 가공의 요소를 들여오는 것이 아니라, 안에 들어 있는 요소들의 순서만을 바꾸기 때문이지요. 가령 '조삼모사朝三暮四'라는 말은 어리석음을 풍자하는 말이지만, 때로는 '조사모삼朝四暮三'이 필요하고 유용할 수도 있어요. 또 엄마 뱃속에서 나오는 아이를 생각해보세요. 머리가 먼저 나와야지, 그렇지 않으면 아이도 산모도 다 죽어요. 그처럼 순서 하나가 생사를 결정짓는 거예요.

제가 해군에 있을 때 들은 얘기인데, 미국 배와 우리 배에서 대걸레 빠는 방식이 다르다고 해요. 미국 배에서는 청소한 다음 뒷사람을 위해 걸레를 빨아두는데, 우리 배에서는 걸레를 빨아 청소한 다음 더러운 채로 놔둔다는 거예요. 청소를 하려면 언젠가 한 번은 걸레를 빨아야 해요. 그렇지만 깨끗한 상태에서 시작해 깨끗한 상태로 끝날 수도 있고, 더러운 상태에서 시작해 더러운 상태로 끝날 수도 있어요. 이처럼 순서의 차이가 우리 자신의 수준과 품위를 결정해요. 우리는 누구나 한 번은 죽어야 해요. 그렇지만 죽기 전에 미리 죽으면, 죽을 때 안 죽는다는 말도 있잖아요.

수학에도 +1과 -1이 반복되는 구조가 있어요. 여기서 +1을 먼저 하느냐 -1을 먼저 하느냐에 따라 〈+1-1+1-1……〉의 순서가 될 수도 있고, 〈-1+1-1+1……〉의 순서가 될 수도 있어요. 이것을 인생에도 대입할 수 있어요. 인생 또한 〈있음-없음-있음……〉의 구조가 될 수도 있고, 〈없음-있음-없음……〉의 구조가 될 수 있어요. 만약 우리가 〈있음-없음-있음……〉 대신 〈없음-있음-없음……〉의 구조를 받아들인다면, 은산철벽銀山鐵壁이나 무공철추無孔鐵鎚로만 보이는 생사도 어렵지 않게 뛰어넘고, 손쉽게 굴릴 수 있다는 얘기입니다.

여러분 가운데 옛날 고조선 시대에 태어나지 않아 섭섭한 분 있습니까. 또 빙하시대나 공룡시대에 자기가 없었다해서 공포에 떠는 분 있습니까. 우리는 누구나 '없음'의 상태에서 나와 '있음'의 상태로 머물다가, 언젠가 '없음'의 상태로 돌아갑니다. 이 돌아감은 지극히 당연한 것이고, 못 받아들일 수도 안 받아들일 수도 없는 것입니다. 우리가 나기 전 무량겁의 시간은 조만간 우리가 돌아갈 무량겁의 시간과 조금도 다르지 않습니다. '나'라는 티끌먼지 때문에 잠시 갈라져 보일 뿐, 그 둘은 본래 하나입니다.

우리가 죽음을 받아들이기 어려운 것은 처음부터 '있음'의 상태에서 출발하기 때문입니다. 도대체 지금 여기 있는 내가 어떻게 없어질 수 있는지 이해가 안 가는 것이지요. 그러나 〈있음-없음-있음······〉 대신, 〈없음-있음-없음······〉의 구조를 취한다면, 부활의 신비나 극락왕생 같은 내러티브 없이도 생사를 건널 수 있지 않을까 해요. 이처럼 바깥의 힘을 빌지 않고, 내부의 순서만 바꿔도 생사의 모습은 달라져요. 청소하기 전에 걸레를 빠느냐, 청소한 뒤 빠느냐, 혹은 내 더러움을 내가 치우느냐, 남의 더러움을 내가 치우느냐에 따라 인생의 품격이 달라지는 겁니다.

보세요, 이렇게 바로 팔을 뻗으려 하면 무척 힘이 듭니다. 하지만 먼저 뒤로 뺐다가 앞으로 내밀면 훨씬 수월해요. 탁구, 골프, 테니스 등 여러 스포츠에서 '백스윙'을 그토록 강조하는 이유가 이것입니다. '피니쉬'를 용이하게 해주는 백스윙의 원리와 방법은 인생 어디에나 적용될 수 있어요. 그리고 방금 생각난 비유 하나를 들겠습니다. 계란에 구멍을 뚫고 빨아 먹으려 하면 잘 안 나오지요. 하지만 맞은편에 구멍을 뚫어주면 쉽게 흘러나와요. '있음'에서 '없음'으로 가는 길이 그렇게 어렵다면, '있음' 앞에 '없음'의 자리를 만들어 두는 것도 방법이 아닐까 합니다.

백스윙/피니쉬

전번 시간에 제가 '백스윙'이 그렇게 중요하다고 그랬죠. 그게 되면 '피니쉬'는 자연히 이루어진다고요. 백스윙은 신경 안 쓰고 피니쉬만 하려면 폼이 안 나와요. 이를테면 제사 안 지내고 제삿밥 먹으려는 것과 같아요. 프로들 말로는 스윙의 전체 과정에서 백스윙만큼 어려운 게 없대요. 그건 무無에서 유有를 창조해야 하기 때문이래요. 앞으로 나아가는 일은 본능적으로 되지만, 뒤로 물러서는 일은 반복해서 의식적으로 하지 않으면 안 된다는 거예요.

간혹 열린 문틈으로 들어온 벌은 유리창에 몸을 부딪치

며 발버둥을 쳐보지만 끝내 바닥에 떨어져 죽어요. 또 골프 연습장 그물망 속으로 들어온 새는 그 넓은 공간을 헤매며 몸부림치다가 기진해 죽고 말아요. 아무리 출구 쪽으로 유도를 해줘도 소용이 없어요. 왜? 제가 들어온 곳을 알지 못하니까요. 나갈 수 있는 곳은 들어온 곳뿐이에요. 그처럼 되돌아보는 것만큼 어렵고 중요한 일은 없어요. 문제는, 그렇게 하지 않으면 방법이 없다는 거예요. 어떤 일에서나 제대로 된 피니쉬를 하려면 백스윙을 만들어주어야 해요.

선가禪家에서 부모미생전父母未生前의 본래면목本來面目을 묻는 것도 그 때문일 거예요. 부모가 낳기 전에 너는 무엇이었느냐는 거지요. 그걸 알면 자연히 죽은 뒤에 무엇이 될지 알 수 있겠지요. 이큐 선사一休 禪師의 시 구절에 이런 것이 있어요. "본래 존재하지 않는 이전의 나로 돌아가면, 죽으러 갈 곳도, 아무것도 없네." 나기 이전에 내가 없었다는 것을 알면, 죽어서 갈 곳도, 될 것도 없다는 거예요. 여기서도, '나기 전'이라는 백스윙을 잘 해두면, '죽은 뒤'라는 피니쉬는 어렵지 않은 거지요.

사순절四旬節의 첫날을 재[灰]의 수요일이라 하지요. 한

해 동안 보관해온 나뭇가지를 태워 그 재를 이마에 바르는 의식을 해요. 흙에서 왔으니 흙으로 돌아간다는 것을 명심하라는 것이에요. 그것을 잠시라도 잊으면 사는 것도, 죽는 것도 힘들어요. 구멍 뚫린 벽에 먹을 것을 놓아두면 원숭이가 그걸 꺼내려다가 팔을 못 빼고 잡힌대요. 움켜쥔 주먹을 풀면 되는데 그렇게 못 하는 거예요. 처음에 빈손으로 들어왔다는 것을 기억하지 못하기 때문이지요. 우리도 다르지 않아요. 흙에서 왔다는 것을 잊어버리면 흙으로 돌아가기가 그렇게 어려워요.

이건 무슨 대단한 이론도, 철학도 아니에요. 너무 당연해서 잊고 사는 거예요. "빈손으로 왔다가 빈손으로 가는가"라는 노래도 있잖아요. 우리는 그저 '나그네길' 위의 '하숙생'이에요. 이거 이해 못할 게 하나도 없지만, 받아들이기는 생살 째기보다 어려워요. 그런데 안 받아들이면, 맨정신으로는 여기서 못 빠져나가요. 제일 받아들이기 어려운 것을 제일 먼저 받아들여야 한다고 하잖아요. 제일 하기 싫은 일이 가장 먼저 해야 할 일이라고요. 그렇게 하지 않으면 내가 다쳐요. 다치는 정도가 아니라 망가지고 비참해져요.

원불교 대종사가 학인들과 공부를 하고 있는데, 사냥꾼에게 쫓긴 산돼지가 울부짖는 소리가 들리더래요. 그때 했다는 말씀이 오래 잊히지가 않아요. 지금 저 산돼지가 저렇게 울부짖으니 지난 생에 무슨 짓을 했는지 알 것 같고, 지금 사냥꾼이 저렇게 산돼지를 괴롭히니 다음 생에 무슨 과보를 받을지 알겠노라. 그러니까 전생은 현생의 백스윙이고, 현생은 내생의 백스윙이 되는 거예요. 혹은 현생은 전생의 피니쉬이고, 내생은 현생의 피니쉬가 되는 거지요. 이런 게 예언이지, 별다른 신통神通은 없어요.

세상 어느 일도 상대相對 없이 성립하지 않아요. 그것을 연기법緣起法이라 해요. 연기를 설명할 때, 짚단을 서로 기대 세우거나, 대저울에 추를 맞춰주거나, 물지게 양쪽에 통을 매다는 일에 비유해요. 짝이 맞아야 균형이 잡히고 안정이 되지요. 원활한 피니쉬를 위해 백스윙을 만드는 것도 연기법으로 이해할 수 있어요. 『주역』에서 말하는 '원시요종原始要終'도 다르지 않아요. 일의 시초를 찾아줌으로써 종말을 알아낼 수 있다는 것이에요. 여기서 '원시'는 백스윙이고 '요종'은 피니쉬예요. '원시'가 안 되면 '요종'은 꿈도 못 꿀 일이에요. 오늘은 여기까지만 하겠습니다.

문학, 한낮의 악몽

지난번에 계란 깨 먹는 얘기했지요? 한쪽에 구멍을 뚫고 빨아 먹으려 하면 잘 안 나오지만, 맞은편에 구멍 하나를 더 뚫어놓으면 쉽게 먹을 수 있다고요. 그걸 생사 문제와 연관시켜보았잖아요. 지금 이 '생'의 상태에서 '사'의 상태로, '있음'의 상태에서 '없음'의 상태로 바로 넘어가려면 무척 힘이 들어요. 이건 맨 정신으로는 할 수 없는 일이에요.

속수무책束手無策이라는 말도 있잖아요. '속'은 묶을 속자예요. 손이 꽁꽁 묶여서 대책이 없단 말이지요. 그처럼 생에서 사로 넘어가는 길에서는 대책이 없어요. 사실 우리가 태어날 때, 즉 '없음'에서 '있음'으로 건너올 때는 하나도 힘이 안 들었잖아요. 의식이 없었으니까요. 그러나 '있음'의 상태에서 '없음'의 상태로, 다시 말해 의식 있는 상태에서 없는 상태로 나가는 것은 생살을 잡아 째는 것보다 더 힘들어요.

언젠가 성당에서 들은 얘기예요. 갓 태어난 아기는 악을 쓰며 울지만, 지켜보는 가족들은 박수치며 웃잖아요. 그런데 웃어른이 돌아가실 때는 가족들은 통곡하지만, 떠나는 당사자는 웃고 있을지 모르지요. 이것도 '있음'과 '없음'의 짝을 맞춰줌으로써 생사를 해결하는 방법이에요. 또 불교에서 이런 이야기가 전해져요. 어떤 부인이 아들이 죽었는데 도무지 슬픈 표정을 짓지 않는 거예요. 어떻게 그럴 수가 있느냐고 하니까 이러더래요. 그 녀석이 내 허락받고 온 게 아닌데, 허락 안 받고 간다 해서 뭐 그리 섭섭할 게 있느냐고.

이처럼 '있음'에서 '없음'의 상태로 넘어가는 건 너무 힘들지만, '있음' 이전에 '없음'의 자리를 마련해주면 그렇게 어렵지만은 않아요. 이것은 단지 내러티브 내부의 순서를 바꿔줌으로써 다른 내러티브를 만드는 거예요. '있음'에서 '없음'으로 넘어가는 내러티브는 닫힌 내러티브예요. 그래서 힘이 들어요. 그런데 만약 '있음' 이전에 '없음'의 상태를 설정해준다면, 넘을 수 없는 것처럼 보이는 생사라는 장벽도 수월하게 넘을 수 있어요.

도대체 생사 문제만큼 중요한 게 있을까요. 우리는 누구나 이 길을 가는데, 지금 멀쩡하게 살아 있는 자신이 불과 몇 년 안에 없어진다는 게 납득이 안 가잖아요. 생사 문제 앞에서 우리가 할 수 있는 것은 아무것도 없어요. 생과 사 사이에 다리를 놓아주는 종교라는 것도 따지고 보면 가공의 내러티브를 만들어내는 거예요. 전지전능한 초월적 존재의 힘을 빌리는 타력 종교나, 우리 안의 영성을 영원불멸하는 자기로 보는 자력 종교도 가공의 내러티브라는 점에서는 한가지예요.

그런데 만약 '있음' 이전에 '없음'의 상태를 가설한다면, 종교라는 환상을 의지하지 않고서도 생사의 강을 건널 수 있지 않을까요. 어쩌면 이것은 인간이 자신을 속이거나 망각하지 않고 생사를 해결할 수 있는 유일한 길인지도 몰라요. 그런데 지금 이야기를 하다 보니까, 전에도 이 비슷한 생각을 한 적이 있는 것 같아요. 그게 뭐냐 하면 정신분석에서 이야기하는 '반복강박'이에요.

강박증은 그것의 지배를 받는 사람에게 매우 불쾌할 걸로 생각되지만 결코 그렇지만은 않아요. 거기에는 반드시 '즐김'이 있어요. 우리는 좋고 아름다운 것만을 즐긴다고 생각하지만, 그 반대로 분명히 즐김의 대상이 아닌데도 쾌감을 느낄 때, 그것을 '향락'이라 해요. 향락은 '증상'이나 '실재계'와 연관되는 개념인데, 이를 통해 강박증 환자는 일종의 쾌락의 몫을 얻는다고 하지요.

프로이트는 꿈을 '소원 충족' '욕망 충족'이라고 했어요. 그러니까 일상적인 깨어 있는 상태에서는 이룰 수 없는 욕망을 꿈속에서 성취한다는 거지요. 제가 옛날 해군에서 신병 훈련을 받을 때, 하루는 이층침대에서 자는데 오줌이 너무 마려워요. 그래서 화장실로 달려가서 막 오줌을 누는데 갑자기 허벅지가 뜨듯해지는 거예요. 그처럼 꿈의 역할은 잠재된 욕망을 해결함으로써 잠을 계속 자게 만드는 거예요.

꿈꾸는 상태에서는 그게 꿈인지 몰라요. '이게 꿈이 아닌가' 하는 느낌이 어렴풋이 들 수도 있지만, 그러면서도 꿈의 그물에서 빠져나오지 못해요. 그러니까 꿈은 꿈인 줄 모르기 때문에 꿈이에요. 언젠가 제가 이렇게 쓴 적이 있어요. "꿈 깨기 전에는 꿈이 삶이고, 삶 깨기 전에는 삶이 꿈이다." 우리가 지금 여기서 이렇게 공부하고 있지만, 이게 꿈속의 일인지 어떻게 알겠어요.

그런데 꿈이라는 것이 분명 '소원 충족'인데도, 우리가 자주 악몽을 꾸는 이유는 무엇일까요. 여기서 나오는 게 '반복강박'이라는 개념이에요. 이게 뭐냐 하면 꿈에서 악몽적인 상황을 되풀이해 겪음으로써, 현실에서도 그와 같은 악조건들을 감당할 수 있게 된다는 거예요. 그러니까 현실이라는 악몽을 이겨내기 위해, 꿈에서 유사 악몽을 반복 경험하게 함으로써 자아의 대처능력을 강화시키는 것이지요.

이것은 면역 주사나 동종유법homéopathie과 비슷하다고 할 수 있어요. 또한 이열치열以熱治熱, 열로써 열을 치료하는 것, 이독제독以毒除毒, 독으로써 독을 제거하는 것과도 같아요. 『원각경』에서는 이것을 이환제환以幻除幻, 이환수환以幻修幻이라 해요. 환으로써 환을 없애고, 환으로써 환을 닦는 거예요. 말하자면 인생이라는 꿈을 제거하기 위해 '불법佛

法'이라는 또 다른 꿈을 이용하는 것이지요. 지혜나 해탈이라는 것도 꿈 이상의 것은 아니에요. 인생이라는 악몽에서 깨어나기 위해 어쩔 수 없이 꾸는 꿈일 뿐이지요.

이것을 다시 계란에 구멍 뚫는 것과 견주어보세요. '있음'에서 '없음'으로 나가는 길이 너무나 험난하기 때문에, 그 반대편에 '없음'에서 '있음'으로 들어오는 구멍을 뚫어주는 것, 과거의 '없음'의 상태를 환기시킴으로써 미래의 '없음'의 상태를 수용할 수 있게 하는 것, 그리하여 우리로 하여금 넘을 수 없는 생사의 심연을 건너가게 해주는 것 말이에요.

이번에 재출간된 제 아포리즘 『네 고통은 나뭇잎 하나 푸르게 하지 못한다』에도 비슷한 얘기가 나와요. 하나의 절망을 극복하기 위해 임의의 다른 절망을 만들어낸다는 것. 이것은 산불을 끄는 방식과 비슷해요. 더 이상 불이 번지지 않게 하기 위해 가까운 곳에 맞불을 놓는 것 말이에요. 산불을 끄려면 그 수밖에 없다고 해요. 이 맞불의 역할이 임의의 다른 절망을 만드는 것이고, 그것이 바로 문학이 하는 일 아닐까 해요.

문학은 인생이라는 꿈에서 빠져나오기 위해 꾸는 또 다

른 꿈이에요. 이 꿈 또한 인생이라는 꿈과 마찬가지로 결코 희망적이지 않아요. 현실이라는 꿈속에서, 현실이라는 꿈만큼, 혹은 그 이상으로 참담한 꿈을 가설함으로써, 잠든 우리를 깨어나게 하려는 게 문학 아니겠어요?

예를 들어, 카프카의 문학은 조금도 낙관적인 비전을 보여주지 않아요. 그런데도 우리에게 위안을 주는 까닭은 무엇일까요? 어쩌면 그의 문학은 인생이라는 화마火魔를 잡기 위한 '맞불' 같은 것이 아닐까요. 저는 이것이 현실을 풍자하거나 계몽하는 것보다 더 본질적인 문학의 기능이라는 생각이 들어요. 말하자면 문학은 뜬눈으로 꾸는 '한낮의 악몽'이고, 치유 불가능한 '반복강박'이 아닐까 해요.

그런데 정말 문학이라는 '맞불'이 인생의 '화마'를 잡을 수 있을까요. 전 믿을 수가 없어요. 문학이라는 악몽은 맹렬한 생사의 불길 앞에서 가능한 유일한 몸부림이지만, 불길은 그 몸부림까지 태워버릴 거예요. 언젠가 제가 신문에서 읽은 얘기예요. 풀을 베면 풀냄새가 진동하는데, 그건 다른 풀들에게 알리는 경보래요. 조심하라고, 도망가라고…… 옴짝달싹 못하는 풀들이 무슨 일을 하겠어요. 정말 우리가 하는 문학이 풀냄새 이상의 것이 될 수 있으까요.
제 얘기는 여기서 다 끝나요.

진지함·측은함·장난기

졸업한 지 여러 해 되는 분들이 자리를 마련해주셔서, 기쁘기도 하고 부담스럽기도 해요. 제가 삼십 년 동안 선생을 했는데, 십팔 년은 불문과에서 십이 년은 문창과에서 하고, 회갑 때 명예퇴직을 해서 삼 년 동안 대학원 수업을 해왔어요. 어느 날 가만히 생각하니 이건 아니다 싶었어요. 삼십 년에 다시 삼 년을 더 했는데 그 삼 년이 너무 빨리 간 거예요. 제가 전임 선생으로 있을 때는 세 과목을 했고 또 하기 싫은 일이 무척 많았거든요. 일이 많을수록 시간은 더디게 가는데, 하고 싶은 일도 하기 싫은 일도 없으니, 시간이 너무 빨리 간 거지요. 과장이 아니고 여러분하고 수업한 삼 년이 꼭 일 년 간 것 같아요.

어떻든 1990년 무렵 가톨릭대에 계시던 선배 한 분이 정년 때 '내가 여학교 선생으로 있으면서, 지금까지 사고 한 번 안 치고 잘 살았다'라고 하시던데 저도 같은 심정이에요. 크게 미움받거나 지탄받지 않고 여기까지 와서 고맙게 생각해요. 또 한 편으로는 일을 끝낸 사람의 심정 같은 것도 있어요. 앞으로 뭘 해야 되나, 앞으로 뭘 써야 하나, 하는 그런 고민 말이에요.

요즘 주위 분들한테 '이제 제가 뭘 하면 좋겠습니까?' 하고 묻곤 해요. 저는 소설 같은 것을 쓰고 싶은 생각은 없습니다. 그런데 시로도 산문으로도 지금까지 했던 것 이상으로 더 할 얘기가 없는데, 대체 뭘 했으면 좋겠습니까? 이렇게 물어보는데, 뾰족한 답이 안 나와요. 어떤 선배 시인 한 분은 앞으로 자신의 생사관生死觀이 드러나는 글, 그것을 적극적으로 밝히지는 않더라도, 배면에 묻어나는 글쓰기를 하면 어떨까, 하시던데 새겨볼 말씀인 듯해요.

오늘 여기 오면서 여러 가지 생각을 했어요. 여러분한테 얘기할 게 많지만, 이 자리에서는 세 가지만 하려고 해요.

남기고 싶은 이야기는 지난번 학교 수업할 때 대충 했고, 오늘은 거기서 빠진 부분을 덧붙일까 합니다.

첫번째는 지금까지 제 스스로를 살펴보면 서로 다른 두 가지 지향指向이 있었던 것 같아요. 제 사진이나 얼굴 표정을 보면 하나는 장난기 같은 것, 남 놀려 먹기 좋아하는 짓궂은 면이 있고, 다른 하나는 어떤 보잘것없는 것들에 대한 연민이나 안타까움 같은 것이 있는 듯해요. 그렇다고 아주 깊은 사랑 같은 걸 가진 건 아니고, 또 완전히 장난꾸러기나 날라리는 아니지만, 어떻든 그 두 측면이 있는 것 같아요. 그리고 하나 덧붙이자면 어떤 진지함이라 할까 하는 것도 있지 않나 생각돼요. 뭘 하게 되면 건성으로 하지 않고 끝까지 밀어붙이려는 태도 말이에요.

요컨대 진지함, 측은함, 장난기 이런 것들인데, 좀더 어렵게 이야기하면 그게 진선미眞善美가 아닐까 해요. 이것을 신망애信望愛나 지인용智仁勇이나 인의지仁義智로 풀 수도 있겠지만, 어떻든 이 세 가지가 지금까지 제 문학을 지탱해 온 축이었던 것 같아요. 만약 진지함이 없다면 진실에 대한 지향이 없을 테고, 측은함이 없다면 윤리적 책임감 같은 것이 없을 테고, 장난기가 없다면 예술가라 할 수 없을 테지요.

가령 사진기를 받치는 다리도 세 개잖아요. 그처럼 이 세 가지는 늘 함께 가는 것 같아요. 이 셋 중에서 어떤 사람은 진지함은 넘치는데 자비심이 없다든지, 자비심은 있는데 장난기가 없다든지, 장난기는 있는데 측은지심이 없다면, 예술로서나 인생으로서나 만족스러울 수 없겠지요. 결국 인생과 예술에서 문제 되는 것은 이 세 가지 축이 아닐까 해요.

이제 저는 더위로 치면 한풀 꺾인 사람이고, 아무리 발버둥 쳐도 별수 없겠지만, 다음에 오는 사람들에게 이 세 가지는 꼭 필요하다는 말을 해주고 싶어요. 너무 진지하게 생각할 건 없지만, 하여간 이 세 가지가 없으면 진정한 의미에서 예술가라고 할 수 없을 거예요. 특히, 아무리 참되고 반듯한 생각을 가졌더라도 짓궂음, 장난기, 놀이 정신 같은 게 없으면 예술가라고 할 수 없지 않을까 해요. 기본적으로 예술가는 딴따라라는 생각을 지울 수 없어요.

두번째 이야기하고 싶은 것은 '내파內破'라는 개념이에요. 앞질러 말하자면, 이건 예술가의 놀이 정신이 대상세계의 내부 질서와 딱 맞아떨어진다는 이야기입니다.

요즘 제가 골프연습장에 나가는데, 거기서도 사람들을 잘 놀려먹어요.

　　하루는 거기 사장님이 저보고 그러셨어요.

　　─ 이 교수, 밥 먹으러 안 갑니까?

　　─ 안 갑니다.

　　─ 왜 안 갑니까?

　　─ 사장님이 안 사주셔서 안 갑니다.

　　그러니까 사장님이 막 웃으면서 '아, 내가 사드릴 테니 갑시다' 하시는 거예요.

　　여기서 마지막에 제가 한 말은 미리 생각해둔 것이 아니거든요. 이야기하다 보니까 저절로 나온 거지요.

　　또 거기 나오는 분 중에 여러모로 인품을 갖춘 분이 계세요. 저보다 스윙도 좋고 본인도 그렇게 생각하는 분이에요. 아마 제 골프 스윙은 엉망이라고 생각하실 거예요. 언젠가 제가 그분한테 말했어요.

　　─ 사장님, 저라면 사장님처럼 진선미를 고루 갖춘 분을 대통령으로 모시고 싶습니다.

　　그러니까 그분이 빙그레 웃으시더라고요. 그래서 또 말했어요.

— 꼭 제 스윙처럼요.

— 아니, 내가 그렇게 개판인가.

이런 얘기들에서, 제가 하고 싶은 말은 모든 일의 내부에는 그 흐름을 뒤집는 지점이 있다는 거예요. 인생에서나 예술에서나, 그 안에 숨어 있는 전환점이 찾아지지 않으면 밖에서 만들어내게 돼요. 어떤 사물이나 사태에도 그것을 뒤집는 터닝 포인트 같은 것이 있기 마련이에요. 그걸 못 찾으면 마치 찾은 것처럼 위장하고 슬쩍 만들어 넣을 수밖에 없어요. 비유하자면 밖에서 수류탄 같은 것을 던져 넣어 폭발시키는 것과 같아요.

'폭발'이라는 말을 영어로는 explosion이라 해요. 이것과 상대되는 개념으로 데리다가 말하는 내파implosion라는 것이 있어요. 그것은 자기원인이나 내부 구조에 의해 스스로 와해되는 것을 뜻해요.

'해체déconstruction'라는 것도 밖에서 오는 요인에 의해서가 아니라, 내부에 숨어 있는 어떤 모순에 의해 자연적으로 이루어지는 거예요. 그런 예로, 데리다가 루소를 해체시키는 방식을 들 수 있어요. 루소에 의하면, 인간은 문화로 인해 타락했기 때문에, 자연으로 돌아가야 한다고 해요. 그러나 그냥 돌아갈 수 있는 게 아니라, 반드시 교육이 필요하다는 거예요. 그런데 교육이라는 것이 바로 자연과 대척되는 문화잖아요. 이 지점에서 루소의 자기모순이 폭로되는 거예요. 그처럼 해체의 근거와 시발점은 항상 내부에 있는 거예요.

앞서 얘기해드린 두 가지 개그에서도 마찬가지예요. 마지막에 제가 한 말은 저도 모르게 하게 된 거지, 처음부터 생각하고 있었던 게 아니잖아요. 글쓰기도 다르지 않아요. 모든 글은 기승전결起承轉結이라는 기본구조의 변형이라 할 수 있어요. 어느 글에서나 글 쓰는 사람은 그 전환점을 자연히 통과하게 되는 거예요. 이를테면 서울에서 대구 올 때 반드시 대전을 거치잖아요.

글을 쓸 때도 마찬가지예요. 써나가다 보면 터닝 포인트가 되는 지점을 거치게 마련이에요. 그 지점은 밖에서는 잘 안 보여요. 글을 써보지 않으면, 뒤에 가서 무슨 말을 하게 될지 알 수 없어요. 그렇게 뒤집히는 지점, 전복되는 지점은 글 쓰는 사람이 의도적으로 만드는 게 아니라, 본래부터 사물과 사태 속에 존재하고 있었던 거예요.

만약 어떤 글이 그 지점을 발견하지 못했다면 덜 씌어

진 글이고 무의미한 글이에요. 그건 뜸이 안 든 밥이나 마찬가지예요. 만약 그 지점을 발견하지 못하면, 외부에서 다른 것을 가져와 마치 발견한 것처럼 위장하게 돼요. 골프 칠 때도 '알까기'라는 속임수를 쓰는 사람이 있대요. 자기가 친 공을 못 찾으면 미리 빵꾸 내둔 주머니에서 공을 슬쩍 떨어뜨린다는 거예요.

이걸 '내파'라는 개념으로 설명할 수도 있지만, '홍예문' 같은 것으로 얘기할 수도 있어요. 홍예문虹霓門이라는 건 지주支柱를 받쳐주지 않아도 돌과 돌 사이의 맞물림에 의해 스스로 내걸리는 다리를 말해요. 그처럼 글은 말과 말, 문장과 문장의 짜임새에 의해 자족적으로 성립하는 거예요. 글을 쓴다는 것은 바로 말과 말, 문장과 문장 사이의 고유한 맞물림을 찾아내는 거예요.

가령 이 벽에 공을 던진다고 해보세요. 수평으로 던지면 수평으로 돌아와요. 또 가파르게 던지면 가파르게 돌아오지요. 어떤 사물이나 사건에는 반드시 반환하는 지점이 있는데, 그 지점은 내가 만드는 것이 아니고, 이미 내재해 있는 거예요. 그 지점을 발견하지 않고도 발견한 것처럼 속임수를 쓰면 안 돼요. 글을 쓰기 위해서는 대상에 구멍이

뚫릴 때까지 들여다봐야 한다잖아요. 그래야 자기에게 이득이 있고 남에게도 이득이 있는 글을 쓰게 되는 거지요.

글쓰기는 문제 해결의 과정이에요. 그렇기 때문에 매번 성공할 수는 없어요. 이번에 잘 빠져 나왔다 해서 다음에도 잘 빠져 나온다는 보장은 없어요. 그래서 자꾸자꾸 해볼 수밖에 없어요. 이번에 통과 못했지만 다음에는 꼭 통과한다는 믿음을 가지고 말이에요. 어떤 때는 나도 모르게 통과하는 경우가 있어요. 아니, 통과할 때는 대부분 나도 모르게 통과해요. 내 머릿속이 아니라 대상 속에 반환점이 있기 때문이지요. 만약 그 지점이 나타나지 않으면 사이비似而非예요.

마지막으로 드리고 싶은 말은 글 쓰는 사람은 자기 자신을 실험양으로 삼아야 한다는 거예요. 육조六祖 스님이 '세간의 허물은 보지 말고, 항상 자기 허물을 보라'고 했는데, 이거 참 힘든 일이에요. 말은 쉬워도 정말 안 되는 게 이런 거예요. 문학하는 사람이 이게 된다면 성인군자일 거예요. 아니, 이게 제일 안 되는 게 문학하는 사람일 거예요. 그런데 현실에서 안 되는 것을 어떻게든 해보려는 것이 문학 아니겠어요. 문학이란 본래 안 되는 것을 해보려다 끝내 실패하는 것이잖아요.

제가 좋아하는 카프카의 말이 있어요. "당신과 세상과
의 싸움에서, 세상 편을 들어라 (In the duel between you and
the world, back the world)." 이 말은 문학뿐만 아니라 인생의
여러 문제를 해결하는 처음이자 마지막 원칙 같아요. 어
떤 일에서도 자기편을 들지 않고 세상 편을 들 때, 인생에
서나 문학에서나 진실함, 올바름, 아름다움이 이루어질 수
있어요.

달마의 「안심법문安心法門」에도 비슷한 말이 나와요. "지
자임물불임기智者任物不任己 우자임기불임물愚者任己不任物." 지
혜로운 사람은 자기가 아니라 사물에게 우선권을 주는 데
반해, 어리석은 사람은 사물이 아니라 자기에게 우선권을
준다고 해요. 그 때문에 항상 좋고 나쁘고, 취하고 버리는
일이 있게 돼요. 이 말은 세상과의 싸움에서 세상 편에 서
야 한다는 카프카의 말과 정확히 일치해요.

말은 참 멋진데, 행하기는 어려운 게 이런 거예요. 와이
프나 애들 태우고 차를 운전해 가다가도, 급한 순간에는
자기 쪽으로 핸들을 튼다고 하잖아요. 사람은 원래 자기한
테 유리하게 행동하게끔 되어 있어요. 그렇지만, 또 그렇

기 때문에 자기 편이 아니라 세상 편에 서려고 노력해야 해요. 본래 안 되지만 평소에 그렇게 믿고 되새기지 않으면 더 안 되는 거예요.

이건 아주 윤리적인 이야기지만, 이것 없이는 어떤 진실이나 아름다움도 있을 수 없어요. 이것 없이 문학 하는 건 총 없이 전쟁터 나가는 것과 마찬가지예요. 근본적으로는 불가능한 일이지만, 또 근본적으로 불가능하기 때문에, 어떻게든 해보려는 것이 문학 아니겠어요. 만약 문학이라는 공간에서조차 안 된다면 이걸 어디서 해보겠어요?

오늘은 이 세 가지 이야기로 끝내고 싶어요. 이런 얘기는 해도 해도 끝이 없어요. 올해 제가 책 세 권을 내면서 평생 해온 생각의 칠팔십 프로는 모아 둔 것 같아요. 만약 그러지 않았다면 얼마나 아쉬웠을까 하는 생각도 들어요. 그리고 책 내고 나서 지금까지 모아둔 동영상, 음성 파일 같은 것들도 정리해서 필요한 사람에게 나눠 주려고 해요.

앞으로 또 십 년이 지나면 '아, 내가 그때 그런 말을 했구나' 하는 생각이 들겠지요. 십 년 후면 제가 일흔네 살이 되는데 여러분은 각자 얼마인지 생각해보세요. 또 이십 년이 지나면 제가 여든넷이 될 거고, 그때 여러분 나이는 지금의 저보다 많을 거예요. 어릴 때는 한두 살 차이가 그렇게 컸는데, 지금은 아무것도 아니잖아요.

한 가지 조금 아쉬운 것은 이제 여러분을 자주 못 만난다는 거예요. 보통 한 주일 지나면 이런저런 생각들이 머릿속에 고여요. 그 생각들을 수업할 때 풀어놓곤 해왔어요. 수업하는 건 저한테는 제 생각을 복습하는 거였어요. 이제 그게 없으니까…… 위안하기로는 제가 이미 낸 책이 있으니까…… 그것 없애야 한다고 하는 사람들도 있지만 말이에요. 오늘은 이 정도로 끝내도록 하겠습니다.

아미산의 추억

　오늘은 제 마지막 수업이에요. 무슨 감회가 있어야 할
것 같은데, 아무 느낌도 없으니 본래 이런가 싶어요. 언젠
가 오늘 이 자리가 생각나는 날이 오겠지요.

　공부를 펼치면 '우주'가 되고 뭉치면 '점'이 된다 하지
요. 넓히면 영겁이고, 좁히면 찰나예요. 이것을 평등과 차
별, 진공眞空과 묘유妙有로 표현하기도 해요. 그러므로 공부
하는 사람은 펼칠 수도 있고 뭉칠 수도 있어야 하며, 가릴
수도 있고 보일 수도 있어야 해요. 다른 말로 하자면 창과
방패를 고루 쓸 수 있어야 하는 것이지요.

전에 제가 말씀드렸지요. '절정'이나 '광야'를 노래하는 시라는 장르 자체가 '극지'라고. 시의 언어는 자기 회귀적이고 자기 규정적이에요. 결국 좋은 시는 늘 이 지점에 도달해요. 시를 위해 공부를 산더미같이 하나 안 하나 똑같아요. 이 자리는 공부해서 들어갈 수 있는 자리가 아니거든요. 시는 오직 '극지에서의' 시이고, '극지로서의' 시예요. 다시 말해, 끝내 도달할 수 없는 불가능의 자리라는 것이지요.

시는 지평선과 마찬가지로 다가갈수록 점점 더 멀어져요. 그 불가능한 '극점極點' 앞에서, 우리가 할 수 있는 말은 '아직은 아니다'라는 거예요. 그 앞도 뒤도 없는 궁극의 지점에 대해서는 '뭘 좀 알았노라' 하는 말은 있을 수 없어요. 전에 제 호號를 '미사未思'라 말씀드렸지요. '미사', 그게 다예요. 이 말은 지금까지 제가 살아온 삶, 지금까지 제 공부의 요약이에요.

그와 더불어 늘 제 머릿속을 떠나지 않는 것이 카프카의 말이에요. "당신과 세상과의 싸움에서, 세상 편을 들어라." 이때 세상은 다른 사람이나 사물일 수도 있고, 삶이나 죽음일 수도 있어요. 한마디로 말해 자신이 어떤 관계 속에 있든 자기한테 유리하게 행동해서는 안 된다는 거예요. 이것이 어려운 건 우리 본성과 반대되기 때문이지요. 그러나 이 원칙을 벗어나면 시詩도 기도祈禱도 아무 의미 없어요. 제 생각에는 이게 인생과 글쓰기의 전부 같아요.

언제나 이 원칙을 가지고 자신을 돌아봐야 해요. 아무리 심오한 철학 공부를 하고, 동서고금을 훑어도, 이 범위에서 벗어날 수 없어요. 그런데 말은 쉽고 간단해도, 이걸 막상 하려 하면 당장 목이 컥 막혀요. 도르래 톱니바퀴 같은 것 있지요. 그거 거꾸로 돌리려 하면 콱 막히잖아요. 이것도 똑같아요. 근본적으로 안 되는 일이에요. 그러나 안 되는 줄 알면서도, 어쩌든지 한번 해보려는 것이 문학 아니겠어요.

이 반대가 뭐냐 하면 잘난 체하고 남 무시하는 것, 예쁜 척하면서 저보다 못한 사람 있으면 확 밟아버리는 것. 그렇게 하면서 시 쓰거나, 시 쓰면서 그렇게 하는 건 그야말로 물에 불붙이고 불을 젖게 하려는 것과 같아요. 더 심하게 말하면 밥상 위에 올라가 똥 누는 거예요. 시를 쓰는 것은 철저히 대상의 입장에서 대상을 살피고, 대상의 입장에서 자기를 바라보는 거예요.

시는 자기를 불리하게 하려는 거예요. 꼭 불리하게 만든다기보다, 억지로라도 대상 편에 한번 서보려는 것이지요. 비유하자면 갓난아기가 억지로 눈을 떠보려고 애쓰다가, 잘 안 되어 도로 감는 것. 우리가 살 수 있는 건 진실이 무덤 속에 들어가 있기 때문이라 하잖아요. 시를 쓰는 건 우리에게 불리한 진실과 맞닥뜨리는 거예요. 그게 올바름이고, 그게 아름다움을 낳는 거예요.

가령 슬픔 앞에서 슬픔한테 우선권을 주는 거예요. 그러면 달리 슬퍼할 이유가 없잖아요. 또 누가 여기서 아무리 개판을 쳐도, 그가 살아온 조건에서 저럴 수밖에 없겠구나, 하면 분노가 좀 누그러지잖아요. 그러나 우리는 늘 자기한테 우선권을 주어요. 자기가 괴로우면 남도 괴롭고, 자기가 더우면 남도 덥다고 생각해요. 그래서 항상 달라붙거나 밀쳐내고, 아 이건 좋아, 저건 싫어, 하면서 쉴 틈이 없는 거예요.

세상에는 세 가지 일이 있다고 하지요. 나의 일, 남의 일, 신神의 일. 여기서 신의 일이란 자연법칙을 의미해요. 태어나면 죽어야 하고, 잎이 나면 떨어져야 하는 게 신의 일이에요. 그런데 우리는 늘 자기 일은 내버려두고, 남의 일과 신의 일에 시비를 건다고 해요. 신부님한테 가서 자기 죄는 놓아두고 며느리 죄를 고백하는 할머니나, 터진 풍선 도로 붙여내라고 악을 쓰는 어린애와 다를 게 뭐 있겠어요.

시라는 건 남의 일과 신의 일이 어떻게 일어나고 어떻게 돌아가는지 살피는 거예요. 살펴서 내가 거기에 따르는 거예요. 모든 일에는 그것을 지탱하는 원리가 들어 있고, 어떤 일에도 드러난 모습과 상반되는 것이 숨어 있어요. 남자 속에는 여자가, 여자 속에는 남자가 들어 있다고 하지요. 남자는 백 프로 남자가 아니라, 그 안에 남자를 위반하는 뭔가가 있고, 여자도 마찬가지예요. 호르몬 주사를 맞으면 남자도 아기 젖을 먹일 수 있다고 하잖아요.

시를 쓴다는 건 남자 속에 들어 있는 여자가 눈을 뜰 때까지 지켜보는 거예요. 즉 어떤 사물이나 사건이 자체적인 요인에 의해 스스로를 부정하는 지점에 이를 때까지 따라가보는 거예요. 어떤 일이나 그 안에 스스로를 뒤집어엎는 지점이 있기 마련이에요. 그것을 내가 뒤집어서는 안 되고, 사물 스스로 뒤집히기를 기다리면서 지켜봐야 해요. 내 쪽에서 너 여자 맞지, 그러면서 억지로 치마를 입히는 게 아니라, 제 스스로 치마로 갈아입고 나올 때까지 기다리는 거예요.

이 점에서 '해체déconstruction'라는 개념을 생각할 수 있어요. 밖에서 두드려 부수는 '파괴destruction'와는 달리, 자체 모순으로 내부구조가 와해되는 것을 '내파implosion'라고도 하지요. 시 쓰는 사람은 어떤 이야기가 주어지면 그것이 내파되는 지점에 이를 때까지 지켜봐야 해요. 그렇지 않고 제 의도대로 조작하면 경향문학, 목적문학이 되는 거예요. 그 점에서 시 쓰기는 자기가 아니라 대상에게 주도권을 주는 거라고 할 수 있어요. 자기에게 맡기는 것(임기任己)이 아니라 사물에게 맡기는 것(임물任物)이지요.

불교에서는 망상妄相과 실상實相을 구분해요. 망상은 분별에서 나온 것이고 실상은 분별 아닌 지혜를 말해요. 그런데 사실 망상과 실상을 분별하는 것 자체가 망상이잖아요. 상대相對와 절대絶對도 마찬가지예요. 절대라는 것은 상대, 즉 대립하는 짝이 없다는 것이잖아요. 그러니 절대는 상대의 또 다른 상대일 뿐이지요. 또 세상에는 두 종류의 사람이 있다고 하지요. 세상을 이분법二分法으로 보는 사람과 그렇지 않은 사람. 그런데 바로 이렇게 보는 것이 이분법이잖아요.

이처럼 모든 건 자체 부정을 함축하고 있어요. 그걸 못 보는 것은 단지 자기 위주로 사고하고 판단하기 때문이에요. 다시 말해 사물이 스스로를 폭로할 때까지 기다리지 않는다는 거예요. 그건 덜 여문 여드름을 짜거나 설익은 열매를 따버리는 것과 마찬가지예요. 성경에서도 언젠가 돌이 소리 지르는 때가 온다고 하잖아요. 또 「요한 계시록」에는 '백석白石'이라는 말이 나오지요. 하느님이 우리 각자에게 돌 하나씩을 주시는데, 그 돌 속에 우리의 진짜 이름이 들어 있다고 해요.

그 진짜 이름이 나타날 때까지 기다리는 사람이 시인이에요. 시인이라는 존재는 솥에 밥 앉혀놓고 뜸 들 때까지 기다리는 주부와 같아요. 그가 할 수 있는 일은 아무것도 없어요. 시가 될 때까지 잠자코 기다리는 게 다예요. 그건 외양간에서 끌어낸 소를 앞세우고 밭으로 가거나, 연鳶 실을 풀어주어 하늘 높이 떠오르게 하는 과정과 다르지 않아요. 그러나 대부분 당장 눈앞에 안 보이니까 때려치워요. 중간에서 포기하고 단념하고 자기 식으로 재단해버리는 거지요.

저 자신도 그래 왔어요. 이젠 쓸 말도 없고, 뭘 더 쓰고 싶은 생각도 없어요. 그런데 사실 이 말은 시를 쓰지 않는 사람이 하는 말이에요. 시로써 하고 싶은 말은 시작해보기 전에는 알 수 없어요. 아무리 싫고 자신이 없어도, 어쩌든지 시작해봐야 해요. 그러면 어느 순간 '어, 이런 게 있었나' 하는 생각이 들어요. 이건 해봐야 알아요. 밖에서는 절대 안 보여요. 이런 게 시라는 장르의 특색이고, 시가 모든 '예술의 예술'이 되는 이유예요.

이렇게 대상 스스로 입을 열 때까지 인내심을 가지고 기다리는 것, 그런 것이 '소극적 능력' 아닐까 해요. 이 말은 본래 사물과 사태를 제 식으로 판단하지 않고, 의심 속에 머물 수 있는 능력을 가리켜요. 그런 점에서 그것은 모든 가치와 정의定義들을 해체하고 무효화시키는 문학적 상상력의 특징이라 할 수 있어요. 또한 '현상학적 환원'이나 '판단 중지' 같은 것도 다른 게 아닐 거예요. 관찰도 하기 전에 미리 결론을 내린다면 좋은 작가라고 할 수 없겠지요.

당대唐代 유종원柳宗元의 글에 나무 잘 심는 사람 얘기가 나오는데, 그의 비결은 간단해요. 그저 물이나 주고 무심하게 내버려 둔다는 거예요. 하지만 대부분 사람들은 오늘은 얼마나 컸나 확인해보느라 싹을 다 죽인다는 거지요. 또 '물조묘장勿助苗長'이라는 말도 있어요. "싹이 자라는 것을 돕지 마라." 이건 우리 생각과는 정반대지요. 시 쓰는 일도 사람 가르치는 일도 같은 이치예요. 우리가 실패하는 건 대부분 자신의 의도대로 성급하게 목적을 이루려 하기 때문이에요. 그럴 때 억지 '강强' 자를 써요. 강도, 강간, 강요, 강매, 강탈……

사물이나 사건이 제 본모습을 드러내는 그 순간은 반드시 와요. 그걸 믿어야 해요. 그러나 끝까지 지켜봤는데도 그 순간이 안 올 수도 있어요. 그건 내 잘못이 아니에요. 그래도 어떻든 그렇게 믿고 하는 수밖에 없어요. 왜? 보들레르 식으로 말하면, 글쓰기란 내가 지금 여기 존재해 있다는 것을 알게 해주고, 내가 누군지 알게 해주는 것이기 때문이지요. 글 쓰는 사람이 그 일을 제대로 할 때, 읽는 사람도 자기가 누군지 알게 되고, 자기가 존재하고 있다는 것을 알게 돼요.

사실 우리가 아는 것보다 모르는 게 훨씬 더 중요해요. 당연히 안다고 생각하고, 그래서 한 번도 의심해보지 않기 때문에 사고가 나는 거지요. 그런 의미에서 '오직 모를 뿐 只不知!'이라는 경구는 참 소중해요. 가령 탐정소설 작가도 범인이 누구인지 모르고 써야 끝까지 긴장감이 유지된다고 해요. 만약 범인을 미리 정해 두고 쓰면 독자가 벌써 낌새를 차린다는 거예요. 자기도 몰라야 끝판에 가서 자기도 알게 되는 거지요.

자기가 하는 일이 뭔지, 왜 그 일을 하는지 모른다는 생각이 들 때, 또는 자기는 열심히 하는데 뭔가 일이 잘 안 풀릴 때는 꼭 이 원칙을 돌아봐야 해요. 이렇게 한다 해서 대상에 대한 지혜가 늘어나는 것도 아니에요. 아는 건 순간적이에요. 마치 깜깜한 어둠 속에서 성냥개비 하나 켜댔을 때처럼 말이에요. 영원한 진리란 없어요. 진리는 계속해서 만들어내야 해요. 시들지 않는 꽃은 없잖아요. 모든 진리는 순간적인 것이에요. 순간의 진리이고, 그렇기 때문에 진리예요.

모든 것이 이 지점으로 돌아오게 돼 있어요. 그런데도 다들 뭐 다른 게 있는 줄 알고 막 따라가요. 아무리 잘나고 귀한 자리에 있어도 다 사라지는 거예요. 뭐가 안 될 때는 언제나 돌아봐야 해요, 내가 어느 지점에서 뭘 잘못 생각하고 있는지. 글 쓸 때도, 부부싸움 하거나 애들 야단칠 때도, 이 원칙을 갖다 대면 무엇이 문제인지 알게 됩니다. 이걸 밝히지 않은 채로 일을 해결하려 하면 내 발등 내가 찍게 돼요. 그러면 서울 간다고 굳게 믿으면서 열심히 부산 가는 거예요.

마지막으로 언어에 대한 얘기를 빠뜨릴 수 없네요. 대개 우리가 시 쓰는 데 어려움을 겪는 것은 시라는 것이 언어를 거친다는 생각을 안 하고, 대상하고 직거래를 하려 하기 때문이에요. 그렇게 하면 산문이에요. 산문에서 언어는 투명한 유리창처럼 대상을 있는 그대로 투과시켜요. 1 더하기 1은 그냥 2가 되는 거예요. 그런데 시는 달라요. 이를테면 시의 언어는 1 더하기 1을 3이나 4로 만들어줄 수 있어요. 여기서는 얼마든지 뻥튀기가 가능해요.

시는 대상을 조작하는 게 아니라 언어를 조작하는 것이에요. 언어를 변형하고 굴절시킴으로써 대상의 숨겨진 면, 감춰진 진실을 들춰내는 거예요. 『금강경』식으로 말하자면 대상은 대상이 아니라, 그 이름이 대상이에요. 모든 대상은 관념, 이미지, 망상에 불과해요. 대상 자체에서는 아무것도 안 나와요. 대상을 바꾸려면 언어를 바꾸어야 해

요. 언어는 놔두고 의미심장한 말을 풀어내려 하니 개똥철
학밖에 더 되겠어요.

시 쓰기는 언어로 하는 거예요. 시의 본령은 자신의 체
험을 보고하거나 외부 현실을 기록하는 게 아니에요. 이런
건 언어로 안 해도 사진이나 동영상으로 얼마든지 잘 할
수 있어요. 시는 언어를 춤추게 하는 거예요. 너무 진지하
면 춤이 안 돼요. 언어에 기대려면 차라리 술 한잔하는 게
나아요. 그때 나오는 혀 꼬부라진 말, 더듬거리는 말, 실성
한 말이 시에 가까워요. 어떻든 시 쓰는 사람이 시 속으로
들어와 자기 얘기를 해서는 안 된다는 거예요.

인형극을 보면 인형이 움직이고 말하는 것 같지만, 막幕
뒤에서 조종하는 사람이 있잖아요. 대부분의 실패한 시는
인형 조작하는 사람이 밖에 나와 관중하고 직접 말하는 것
과 같아요. 시인은 끝까지 시 뒤에 숨어 있어야지, 독자 앞
에 나오면 바로 죽어버려요. 햇빛을 쐰 드라큘라처럼 말이
에요. 그렇게 되면 시는 고장 난 변기의 레버를 내리거나,
체인 벗겨진 자전거 페달을 밟는 것과 같아요. 뭔가 저항하
는 느낌이 안 나잖아요. 그 느낌이 없으면 시가 아니에요.

이제 수업을 접으면서, 경북 군위의 '아미산'에 다녀온

이야기를 해드리고 싶네요. 바위투성이인 그 산은 깎아지른 절벽과 눈썹을 닮은 봉우리가 인상적이었어요. 그러나 정말 아름다웠던 것은 거기서 내다보이는 다른 산들의 아스라한 모습이었어요. 액자처럼 드리운 가까운 산의 능선 위로 드러나는 먼 산들의 정경은 무어라 말할 수가 없었어요. 그때 이런 생각을 해보았습니다. 어떤 산이 아름다운 것은 제 스스로의 모습 때문이 아니라, 거기서 바라보이는 다른 산들의 아름다움 때문이라고.

어쩌면 한 존재의 아름다움은 그것이 다른 존재들의 아름다움을 드러내는 자리이기 때문일 거예요. 한 존재의 올바름과 진실함 또한 다른 존재들의 진실함과 올바름을 드러내는 자리가 되기 때문일 거예요. 그 자리는 영원하지만, 그곳에 머물다 가는 존재들은 덧없습니다. 그 사실을 인정할 수 없거나, 자신을 그 자리와 동일시할 때 그 자리는 숨어버리지요. 잊혀진 그 자리를 계속해서 기억하고 환기시키는 것이 시와 시인의 역할 아닐까, 잠시 생각해보았습니다.

아름다움의 종교

길 찾느라 어려움이 없었는지 모르겠네요. 여러분 오신다 해서 아침부터 나와 방 청소도 하고 했어요. 앞으로 기회가 자주 없을 텐데 무슨 얘기를 해드릴까 해서, 어젯밤에 이면지에다 생각나는 것들을 적어보았어요. 그래 봤자 늘 하던 얘기고 특별히 덜 한 얘기는 없어요. 다만 지금까지 해온 생각들이 몇 가지 주제로 모아지는 것 같았어요. 그러니까 오늘 이야기는 요점 정리 정도로만 생각하시면 좋겠어요. 왜 면허시험 같은 거 앞두고 하는 것 있잖아요. 이제부터는 여러분 각자 차 몰고 나가셔야 해요.

첫번째 문제는 '차원'이에요. 여러 번 말씀드렸듯이, '차원적 사고'를 염두에 두지 않으면 어떤 지적知的 이해나 탐구도 쓸데없는 것이 돼요. 이미 「불가능 시론試論」(『고백의 형식들』) 같은 데서 정리해두었기 때문에 긴 말씀 드리지 않겠어요. 간단히 얘기하자면, 이차원의 '북쪽'으로는 삼차원의 '높이'를 설명할 수 없고, 물결은 나아가도 물은 자리를 뜨지 않으며; 수레바퀴는 돌지만 중심축은 나아가는 거예요. 그처럼 어떤 생명체든 종족의 유지를 위해서 개체의 죽음은 필연적이에요.

그런데 개체가 종족의 자리를 탐내거나, 스스로 종족으로 자처하려 한다면, 상처 입고 비참해지는 건 개체 자신이에요. 번뇌는 이런 착각에서 생기는 것이고, 그래서 무승자박無繩自縛이라 하지요. 오히려 개체는 종족이 아니고 종족이 될 수 없다는 걸 분명히 지각하는 거야말로 개체를 보호하는 일이 될 거예요. 개체는 자기를 통해서 종족의 생명이 전달된다는 사실은 어렴풋이 짐작할 수 있지만, 대체 종족이 무엇이고 어떻게 생겨먹은 건지 확인할 수 없어요. 범어동이 어떻게 대구 시내를 알 수 있겠어요.

죽음이 뭐냐는 물음에 공자는 "삶을 모르는데 어떻게

죽음을 알겠는가未知生 焉知死"라고 하지요. 또 불가佛家에서 끊임없이 되새기는 말이 '오직 모를 뿐只不知!'이잖아요. 그러나 이는 개체 차원에서 스스로 고통을 줄이기 위해 만들어낸 '진리'일 뿐, 종족 차원에서 보면 개체가 죽음 앞에서 떼를 쓰건 지혜롭게 받아들이건 마찬가지예요. 또한 우리가 이런 진리를 깨닫는다 하더라도 일상에선 여전히 개체의 안목을 벗어나지 못해요. 지구가 해를 따라 돈다는 것을 알아도, 해는 여전히 동쪽에서 떠오르잖아요.

그러나, 그렇다고 하더라도, 아니 바로 그렇기 때문에 '차원적 사고'는 반드시 필요해요. 이것 말고는 우리의 고통을 줄일 방법이 없고, 『노자』의 표현대로 '짚 인형(추구芻狗)'에 불과한 우리가 스스로를 높일 수 있는(자존自尊) 다른 길이 없어요. 이러한 차원적 사고는 우리의 생사 문제를 해결하는 일에서뿐만 아니라, 우리 각자와 우리가 서 있는 '위치'의 관계를 살피는 데도 필수적이에요. 이것을 간단히 '개인' 혹은 '주체'와 '자리' 혹은 '역할'의 문제라고 해두지요.

지금 여러분은 저를 여러분의 선생이라 알고 계시지만, 사실 저는 선생이 아니라 선생 자리에 서 있는 사람이에요. 처음부터 제가 이 자리에 있었던 것도 아니고, 또 언젠가 이 자리를 떠나겠지만, 이 자리가 없어지는 건 아닐 거예요. 이 자리는 제 자리가 아니고 제가 만든 자리도 아니에요. 오히려 여러분 마음속에 있는 자리이고, 여러분과 저 사이에 생겨난 자리예요. 만약 제가 이 자리를 저 자신으로 착각하거나, 이 자리를 이용해 뭔가를 챙기고 얻어내려 한다면 이미 선생이라 할 수 없겠지요.

지난해 마지막 수업에서 제가 '아미산' 얘기를 했지요. 어떤 것이 아름다운 건 다른 것들의 아름다움을 볼 수 있는 자리가 되기 때문이라고. 그리고 진실한 것, 올바른 것도 그 자리에서 다른 것들의 진실함, 올바름을 볼 수 있기 때문이라고요. 또 어떤 대상이 시적詩的일 수 있는 것은 화자의 자리에서 관찰되고 서술되기 때문이고, 시적 감동이란 독자가 화자의 자리에 섰을 때 이루어지는 거라고 했잖아요. 이 화자의 자리는 결코 시인이나 독자의 것이 아니에요. 그들은 잠시 머물다 갈 뿐이에요.

그런데 지금 서 있는 '자리'가 바로 자기 자신이라는 착각은 '해가 동쪽에서 뜬다'는 망상妄想 이상으로 끈질기고 무의식적이에요. 어쩌면 일상적 삶은 이 착각과 망상 위에서만 가능하다는 생각이 들어요. 우리는 언젠가 죽는다는 사실을 알지만, 영원히 살 것처럼 살아가잖아요. 또한 그러는 한 번뇌는 불 보듯이 뻔한 거예요. 불가佛家에서 생사거래탈착生死去來脫着의 자유를 그토록 강조한 것은 '주체'와 '자리'의 분리를 이루지 않는 한, 마음의 평화(안심安心)가 불가능하기 때문이지요.

이 '생사거래탈착'이 가장 자유롭게 이루어지는 게 뭔지 아세요. '포스트잇'이에요. 다른 건 모두 붙거나 떨어지거나 둘 중 하나인데, 이건 붙이면 붙고 떼면 떨어지잖아요. 지금까지 수많은 수행자들이 목숨 걸고 얻으려 했던 그 자유를 '포스트잇'은 본래부터 가지고 있으니 참 한심하고 허망한 일이지요. 그런데 이게 접착제를 만들려다 실패한 결과라 하니 그 또한 재미있는 아이러니예요. 따지고 보면 진리라는 게 본래 그렇게 만들어지는 게 아닌가 해요. 진리 또한 집착의 좌절에서 나온 거라 할 수 있지요.

그러나 우리는 '포스트잇'이 아니기 때문에, 자꾸 '백스윙'을 해서 본래 자리를 돌아봐야 해요. 이 자리는 내 자리가 아니고 언제든지 비워줘야 한다는 걸 되새겨야 해요. 왜? 안 그러면 힘드니까요, 고통은 줄일 수 있을 뿐, 아예

없앨 수는 없다 하지요. 실제의 고통이 마음으로 부풀려진 부분을 번뇌라 해요. 소설에서 이야기 뺀 부분을 소설이라 하듯이, 번뇌에서 고통을 뺀 나머지가 번뇌라 할 수 있어요. 이 번뇌가 생멸하는 자리가 바로 본래 자리이기 때문에, 번뇌를 번뇌로 보아주는 것 외에 따로 할 일이 없어요.

이것을 '념念' '수미守微' 혹은 '알아차림' '마음 챙김'이라 하지만, 시詩라고 할 수도 있을 것 같아요. 시는 '차원적 사고'의 전형이고, 언제나 '불가능'과 마주하고 있어요. 그렇지 않다면 외부나 내부 현실의 재현représentation으로서, 기록과 설득의 수단이 될 테지요. '발명invention'에는 '발견'의 뜻이 있다 하듯이, 시 또한 본래 자리의 발견과 발명이고 그래서 늘 '죽음'과 가까워요. 고통을 고통으로 표현하는 것 외에 달리 본래 자리를 말하지 않는 시는 그 때문에 오롯이 본래 자리가 되지요.

굳이 진선미眞善美를 분리하자면, 시가 드러내는 자리는 아름다움의 자리라 할 수 있겠지요. 그 자리에서 시는 더 이상 아름다움에 대해 말하지 않고, 그 자신이 아름다움이에요. 시는 아름다움의 종교예요. 제 구조로써 자신의 하중荷重을 지탱하는 홍예문虹霓門처럼, 시는 어떤 내적인 패턴으로 인해 시간과 공간을 뛰어넘어 존속할 수 있어요. 저는 그런 아름다움을 가톨릭 미사 경문의 한 구절에서 발견하기도 해요. '주여 불쌍히 여기소서 Kyrie eleison.' 여기서 [i] [i] [e]와 [e] [e] [i]의 반복은 얼마나 아름다운지요.

혹시 기억하실지 모르겠지만 십여 년 전에 '누네띠네'라는 과자가 나온 적 있어요. 희한하게도 과자를 먹어보지 않은 분들도 이름은 기억하더라고요. 그 과자가 아직 나오는지, 이름 지은 사람이 누군지 몰라도, 그 아름다운 이름은 /ㄴ/ 음과 /ㅔ/ 음의 반복, 그리고 받침이 없는 음절들의 '무게 없음'으로 인해 앞으로도 오래 기억될 거예요. 저는 그 이름을 혀에 올릴 때마다, 비바람에 씻겨 뇌수 腦髓가 빠져 나간 정결한 해골을 연상하게 돼요. 그처럼 시를 찾아낸 사람이 사라져도, 시의 아름다움은 변치 않을 거예요.

그 "내용 없는 아름다움"(김종삼)은 발레리의 시구를 빌리자면 "얼굴 없는 미소 sourire sans figure"라 할 수 있어요. 이 말 또한 [i] [y] 음과 [s] [r] 음의 반복으로 인해 잊을 수 없는 아름다움을 지니고 있지요. 하지만 비록 아름다움이 '내용이 빠져나간 형식'으로 존재할지라도, 결코 내용으로부터 자유롭지 못해요. 형식이 형식일 수 있는 것은 부재하는 내용 때문이라 할 수 있어요. 번뇌가 '사슬'이라면 열반은 '황금 사슬'이라 하듯이, '내용 없는 아름다움' '얼굴 없는 미소'는 불가능으로만 존재해요.

아름다움의 종교가 고통으로부터 완전히 해방된 거라고 생각할 수는 없어요. 우리가 이 세상에 와서 먹은 것만큼은 토해내야 해요. 최소한의 고통까지도 안 받으려 하면, 도둑놈 심보예요. 깨달은 사람은 치매 걸리는지 안 걸리는지, 깨달은 사람한테 가서 한번 물어보세요. 다만 수레의 테두리와 중심축 사이 바퀴살 위에서, 지금 내 의식이 어느 지점에 서 있는지 돌아보세요. 테두리 가까이 있으면 고통스럽고 중심축 가까이 가면 힘이 덜어져요. 하지만 테두리나 중심축이나 다 같은 바퀴살 위의 두 지점임을 잊지 말아야 해요.

이제 마지막으로, 지금까지 제가 여러분의 '목발' 역할을 해온 건 아닌지 돌아보게 돼요. 공부만큼 약 되는 것도 없지만 독이 되는 것도 없다 하지요. 마하리쉬Ramana Maharishi 제자 가운데 안나 말라이라는 이가 있었는데, 평생 잡일만 맡아 하다가 은퇴할 나이가 되자, 스승이 '너도 이제 공부 좀 해라' 하며 십 리 떨어진 곳에 집을 짓게 했대요. 스승이 그 근처로 산보를 다녔지만, 그쪽으로는 눈길 한번 주지 않았다 해요. 스승이 죽고 나서 제자 또한 문상을 가지 않고, 화환을 태운 재와 스승의 몸 씻은 물을 달라 해서 마셨다고 하지요.

위기지학爲己之學의 시

대담 이우성

이성복은 1980년 10월 출간한 첫 시집『뒹구는 돌은 언제 잠 깨는가』자서自序에 적었다. '이맘때 나는 어두워 가는 들판에서, 문득 뒤를 돌아보는 망아지처럼⋯⋯' 이 글은 예언처럼 지금의 이성복을 묘사한 것 같다. 이성복을 만났다. 이성복은 작년에 자신의 시사詩史를 정리한 책 3권을 출간했다. 시집『어둠 속의 시』, 산문집『고백의 형식들』, 대담집『끝나지 않는 대화』이다. 이러한 흐름의 마지막 책으로『극지의 시』를 출간할 계획이라는 이야기를 그의 제자에게서 들었다. 이성복은 3년 전 대학에서 퇴임한 뒤, 대구 팔공산의 원룸에서 글을 쓰고 있다. 정확하게 적자면 공부하고 있다. 그에게 어떤 공부가 더 필요할까? 그의 제자와 함께 그를 찾아가겠다고 연락했다. 그는 『극지의 시』 원고를 메일로 보내주며, 읽고 오라고 했다. 네 시간 동안 그는 나와 작가인 그의 제자에게 자신이 겪고 살아낸, 비로소 깨달은 시에 대해 이야기했다. 그는 마음의 지표로 삼아야 할 문장을 모두 외운다. 집으로 돌아갈 때 더 말을 할 수 없을 만큼 기운이 빠져 있었다.

메일로 보내주신 『극지의 시』 원고를 읽고 막 웃었어요. 말투가 재미있으셔서요.

제가 강의실 밖에서 만날 때는 빗장이 풀어지고, 밑바닥까지 다 드러나고, 아래위도 없어져요. 사람들 놀려먹는 건 특히 좋아하고.

아침에 몇 시쯤 일어나세요? 7시쯤 일어나세요?

대중없어요. 요즘은 하는 일도 없고 하니 골프연습장에 8, 9시쯤 나가면 하루 종일 거기 있어요. 거기서 밥 먹고, 놀고. 올해 『극지의 시』와 함께 또 『무한화서無限花序』와 『불화하는 말들』이라는 책을 내려 해요.

'무한화서'라니요?

꽃이 줄기에 달리는 형태를 말하는 건데, 순우리말로 '꽃차례'라 해요. 여기엔 두 가지가 있는데, '무한화서'는 밑에서 위로, 밖에서 속으로 피는 것이고, '유한화서'는 위에서 아래로, 속에서 밖으로 피는 거래요. 그러니까 구심성과 원심성이지요. 이게 정반대로 말해야 할 것 같은데, 왜 그런지는 잘 모르겠어요. 어떻든 저에게 '시'는 정확히 '무한화서' 같아요. 구체에서 추상으로, 비천한 데서 거룩한 데로 나아가는 것이니까요. 또 시에 대한 논의도 '무한화서'예요. '말할 수 없는 것'을 말하려다 계속해서 실패하는 것이니까요.

시는 안 쓰시나요?

뭐, 쓰게 되면 쓰고. 시 안 쓴다고 깜짝 놀랐어요?

이성복이 시를 안 쓰면 누가 시를 써요?

하하하. (하지만 산문집 『고백의 형식들』에 그는 적었다. "아, 다시 한 번 1976년에서 1980년 사이처럼 시에 '올 인' 할 수 있다면 얼마나 좋을까. 그 외에는 달리 길이 보이지 않는데, 도무지 시가 달가워 보이지 않는다. 이것밖에 없는데, 이것밖에 없는데…. 이것만 있으면 모든 게 해결될 텐데….")

선생님을 만나면 묻고 싶은 게 있었어요. 아름다움이 뭐예요? 어떤 시, 어떤 소설, 어떤 영화, 어떤 미술이 아름다운 거예요?

일본 중세에 '노[能]'의 미학자로 제아미世阿彌라는 분이 있어요. 그는 아름다움을 아홉 단계로 나눴어요. 그 가운데 3등이 뭐냐면, 하얀 은그릇에 흰 눈이 소복이 담긴 상태예요銀玩裏盛雪. 얼마나 예쁘겠어요? 그런데 3등밖에 안 돼요. 다음은 눈이 천 개의 산을 덮었는데, 하나의 봉우리만 안 덮여 있어요雪覆千山 爲其麽高峯不白. 이것도 너무 아름답지요. 하지만 2등일 뿐이에요. 1등은 뭐겠어요. '신라의 한밤중에 해가 빛난다新羅夜半日頭明'라고 했어요. 한밤중에 해가 빛나다니, 이건 말도 안 되는 언어도단의 세계예요. 당시

중국에서 신라는 아주 먼 나라로 생각되었지요.

저는 셋 다 일등이에요. 그런데 '신라의 한밤중에 해가 빛난다'라는 말이 제일 멋진 거 같아요.

3등은 왜 예쁘겠어요, 동일성이지요. 흰 눈에 흰 그릇이니 동일성이잖아요. 2등은 차별성이에요. 모든 봉우리가 하얀데 봉우리 하나만 까맣게 드러나니 말이에요. 어떻든 3등과 2등, 동일성과 차별성은 현실에 있는 것들이에요. 그렇지만 '신라의 한밤중에 해가 빛난다'는 것은 현실경계를 넘어선 거예요. 다시 말해 현실과 비현실의 경계가 사라진 아름다움이지요. 지금까지 제가 쓴 시는 몇 등 정도 되겠어요. 5, 60등 정도 되려나? 시는 한 편 쓰나 천 편쓰나 차이가 없어요. 한 편, 한 편에 천 편의 수준이 다 드러나는 거예요. 한 편이 수준 미달이면 아무것도 안 쓴 거나 마찬가지예요.

너무 무서운 말이에요. 정신의 절정에 이른다는 것, 그게 시이고, 예술인 거죠?

인간정신으로 도달할 수 있는 최고의 분야가 세 가지

있다고 해요. 그게 어떤 거라고 생각하세요?

글쎄요.

시와 수학과 음악이 그렇다 해요. 사실 이 세 가지는 서로 다른 것이 아니에요. 왜냐하면 세 가지 모두 패턴을 추구하는 것이거든요. 이 책을 한번 같이 읽어볼까요. 제가 좋아하는 작가들의 말을 모아 편집한 거예요. 지금까지 해온 공부의 귀결이라 할 수 있지요. '꽃에 이르는 길'이라는 제목은 제아미의 '지화도至花道'를 제 나름대로 번역한 거예요. 거기 19쪽, 제일 밑에 있는 문장을 보세요.

'수학은 패턴의 과학이다. 수학은 비가시적인 것을 가시화한다.'

수학뿐만 아니라, 시도 음악도 패턴을 찾아내고, 그것을 반복 변주하는 것이지요. 가령 색맹 검사할 때 자세히 보면 완두콩 쏟아 놓은 것 같은 데서, 숫자 하나가 탁 튀어나오잖아요. 시인이 하는 일도 일상생활 속에 숨겨진 패턴을 찾아내는 거라 할 수 있어요.

'수학자의 패턴은 화가나 시인의 패턴처럼 아름다워야 한다.'

이건 하디G.H.Hardy라는 영국 수학자의 말인데, 여기서는 음악 대신 회화繪畫가 나오네요. 시, 수학, 음악, 회화 모두 패턴을 추구하기 때문에 아름다울 수 있는 거예요. 가령 어떤 수학자가 문제를 풀 때, 푸는 방식은 아름다운데 답이 틀리는 경우가 있다고 해요. 그래도 결국엔 아름다운 것이 맞는 답으로 밝혀진대요. 수학하는 분들은 칠판에다 공식 같은 것을 써놓고 넋을 잃고 감탄한다고 해요. 그런 공식 중의 하나가 오일러의 공식이라 해요. 여기에는 자연 상수 e, 허수 i, 무리수 π, 그리고 모든 수의 기본인 0과 1이 들어 있어요. 이게 무슨 소리인지 뭘 의미하는지는 아무도 모르지만, 세상에서 가장 아름다운 공식이라 하지요.

'관념들은 색채나 단어들처럼 조화로운 방식으로 맞아떨어져야 한다. 제일의 기초는 아름다움이다. 추한 수학에는 영원한 안식처가 없다.'

여기서 색채는 회화, 단어는 시의 기본 재료가 되는 것이지요. 어떻든 모든 것의 궁극적인 판단은 아름다운가, 아름답지 않은가에 달려 있다는 거예요. 제일의 기준은 진眞이나 선善이 아니라, 미美예요. 그러니 추한 수학, 추한 음악, 추한 시에는 안식처가 있을 리 없지요.

'패턴 인지는 시와 음악과 수학을 막론하고 모든 미적 쾌감의 토대가 된다.'

어떨 때 우리가 아름답다고 말하느냐 하면, 막연하고 혼란스러운 것들 속에서 불현듯 패턴이 드러날 때예요. 패턴을 다른 말로 주제主題, 테마, 혹은 모티프라 할 수 있어요. 패턴이 바로 세계의 본질을 이루는 거예요. 패턴을 파악하게 되면 미래의 대안代案을 예언할 수 있어요. 예언이란 본래부터 사물이 가진 질서이지, 점을 쳐서 나오는 게 아니잖아요. 그런데 패턴을 추구하는 여러 분야 가운데, 가장 무질서하고 일관성 없는 게 시가 아닐까 생각해요.

왜요?

음악이나 수학, 회화에 이용되는 재료들, 소리나 숫자나 색채는 시공간의 영향을 받지 않아요. 하지만 시에 쓰이는 언어는 더할 나위 없이 불순하고 부조리한 재료라 할 수 있어요. 예컨대 '오월'이라 하면 미국에선 '메이퀸'을 연상하겠지만, 우리나라에선 '광주 항쟁'을 생각하게 되지요. 수학과 음악과 회화 같은 것들은 국제적으로 통용되는 재료를 사용하지만, 시의 재료인 언어는 국가와 민족, 역사와 환경의 제약을 받아요. 그럼에도 불구하고 언어의 좋은 점은, 우리가 살고 있는 삶 자체를 즉물적으로, 즉각적으로 이야기할 수 있다는 거예요. 가령 음악이나 수학은 '똥' 이야기는 못 하잖아요. 피나 정액, 살인, 강간, 질투, 증오 같은 것을 어떻게 음악이나 그림으로 이야기할 수 있겠어요. 언어는 실제적인 삶에 가장 가까이 다가갈 수 있는 도구예요. 달리 말하면 언어는 우리 삶의 최전선最前線이지요. 만약 언어가 없다면, 우리 몸에서 모세혈관이 못 미치는 부위가 썩어버리듯이, 우리 삶도 그렇게 되고 말 거예요. 그처럼 언어는 대단하고 소중한 거예요. 그럼 이미 답이 나온 거 아니겠어요? 시가 뭔지, 어떻게 써야 하는지 말이에요. 그런데 사람들은 대부분 이런 생각은 안 하는 것 같아요.

그렇죠…… 음, 그런가요?

시 쓰는 사람은 아이를 데리고 계단을 올라가는 엄마와 같아요. 여기서 아이는 독자지요. 아이가 어떻게 엄마의 보폭을 쫓아가겠어요. 그런데 요즘은 독자가 따라오나 안 오나 돌아보지도 않고, 저 혼자 막 가버리는 것 같아요. 시 쓰는 사람과 독자는 벽을 사이에 두고 대화하는 것과 같아요. 시 쓰는 사람은 자기가 보고 있는 것을 독자는 못 본다는 사실을 늘 염두에 두어야 해요.

다음 장의 이 글은 뭐예요? 글 쓴 사람이 김현이라고 적혀 있어요. 대학 은사인 문학평론가 김현 선생 맞죠?

그래요. 1977년, 제가 『문학과지성』으로 등단할 때 선생님이 써주신 추천사예요. 저는 항상 이 시절에서 안 벗어나려고 애를 써요. 그래서 늘 가슴에 새기려고 해요.

제가 읽어볼게요. '우리는 이번 호에도 새로운 시인을 소개하는 즐거움을 갖고 있다. 이성복 씨의 시에는 상처받은 젊은이의 아픔이 아픔 그대로 선열하게 노출되어 있다. 그 아픔이 어디서 오는 것인지는 확실하지 않으나,

우리는 그것이 오히려 씨의 시가 지니고 있는 큰 장점 중의 하나라고 생각한다. 아픔의 근원과 증세가 확실하다면, 이미 그것은 아픔이 아니다. 그것은 치유될 수 있는 아픔이기 때문이다.'

왜냐하면 제가 앓고 있는 아픔은 사회적이거나 개인적인 아픔이 아니거든요. 인생이란 것 자체의 아픔이에요. 이 아픔은 치유될 수가 없는 거예요. '무여열반無餘涅槃'이라는 말도 있지만, 이 아픔은 죽어서야 끝이 나요.

'그 아픔을 시인은 개인적인 차원에서 자꾸 반성함으로써 그 아픔이 가짜 아픔이 되는 것을 막고 있다.'

언제나 자신에게 질문해봐야 해요. 지금 자기가 하고 있는 말이나 일이 진짜냐 가짜냐 하는 것을. 진실이 뭐겠어요. 진실이 따로 있는 게 아니에요. 가짜가 아닌 게 진실이지요. 진실은 아름다운 거예요. 거짓은 절대 아름다울 수 없어요. 언제 거짓말이 아름다운 거 본 적 있어요?

'우리는 시인이 더욱 처절하게 아픔으로써, 저마다 이유도 모르며 치유할 방도도 모르는 아픔을 암종처럼 감

추고 있는 우리에게 하나의 희망이 되어줄 수 있기를 바란다. 희망이 생기는 것은 희망이 전혀 없는 사람을 통해서인 것이다.'

이 부분에서 제가 평생 해야 하는 일이 뭔지 알 수 있어요. 예술가와 예수라는 존재는 참 가까운 것 같아요. 예수는 남의 죄를 대신해 죽었잖아요. 그 때문에 그는 우리 모두에게 희망이 되는 거지요. 희망은 언제나 더 큰 절망에서 생겨나요. 예수가 우리에게 구원이 될 수 있는 것은 그의 아픔이 우리의 아픔보다 크고, 또 그 아픔을 스스로 자진해 살아냈기 때문이에요. (그는 종교에 대해 이야기하는 게 아니었다.)

선생님, 뜬금없는 질문인데요, 왜 대구에만 계세요? 서울에 오세요. 와서 강의도 하시고요. 선생님을 만나고 싶어 하는 후배 작가들이 많아요.

저를 꼭 봐야겠다는 사람들은 여기로 와요. 그럼 제가 다 만나지요. 그런데 좀 보고 싶다, 뭐 그런 생각이라면 저를 꼭 안 봐도 되지 않겠어요.

명성 있는 분들은 서울 문단에 와서 신춘문예 심사도 하고, 젊은 사람들한테 한 수 던지기도 하잖아요.

작년에 책 세 권을 냈고,『네 고통은 나뭇잎 하나 푸르게 하지 못한다』라는 아포리즘의 개정판도 냈어요. 거기서 제가 하고 싶은 말은 거의 다 했어요. 그것으로 충분한데, 무슨 말을 더 하겠어요. 옛날에 어떤 사막의 은수자隱修者가 그랬대요. '내 침묵으로 알아듣지 못했다면, 내가 말을 한들 무슨 소용이 있겠느냐'고.

정말 많은 독자들이 선생님을 흠모하는 거 아시죠?

그런가요? 어떤 사람이 이렇게까지 나를 생각해주는구나, 하는 걸 알면 저도 참 기뻐요. 정말, 사랑받는 사람은 그의 어깨에 천사의 손가락이 놓인 것과 같다고 하지요. 그 사람들이 저의 무엇을 보고 사랑하겠어요? 상을 몇 개 받고, 인터뷰를 몇 번 했다고 그러겠어요? 아니에요, 그건 실제의 저라는 사람이 아니라, 그 사람들 마음속의 저라는 자리예요. 실제로 저는 사랑받을 가치도 자격도 없는 사람이에요. 하지만 그분들 마음속에서 제가 그 자리에 서 있는 한, 그 자리를 더럽히지 않기 위해 잘 살아야겠다는 생각을 하곤 합니다. 글 쓰는 사람은 자꾸 자신을 돌아봐야 해요, 자기가 바르게 살고 있는지, 정반대 길을 열심히 가고 있는 건 아닌지.

자리가 뭐예요? 어떤 자리에 서야 하는 건데요?
예전에 인터넷에서 몇몇 분들이 저에 대해 쓴 글을 봤어요. 그건 한 개인으로서 제가 아니라, 그분들 마음속에 있는 시의 자리, 시인의 자리라는 생각이 들어요. 그 자리를 기억하려고 그분들 글귀를 외우기도 했어요. 그분들 마음을 잊지 말아야지, 하는 생각에서 말이에요. 그 자리는 참 눈물겨운 자리예요. 누구나 한 번 이 세상에 오지만, 아무 흔적도 없이 사라지잖아요. 그 자리가 없다면 우리들 하나하나는 너무 비참해요. 그분들 말씀을 대할 때마다, 지금까지 제가 살아왔던 세월이 서럽기도 하고, 제가 정말 그렇게 살았는지 부끄럽기도 하고…… 그런 생각이 들어요.

어떻게 해야 그 자리를 엿볼 수 있고, 지킬 수 있나요?
기본이 뭔지 모르는 상태에서 뭐든 열심히 한다면 무슨 소용이 있겠어요. '본립도생本立道生'이라는 말이 있어요.

근본이 세워지면 길은 자연히 나온다는 것이지요. 근본이 서 있지 않은 상태에서는, 비슷한 처지의 다른 사람들을 곁눈질하고 따라갈 수밖에 없어요. 자기 자리, 자기 살림살이가 없는 거지요. 시는 써도 되고 안 써도 돼요. 내가 꼭 시를 써야 할 이유가 없잖아요. 기본이 안 된 상태에서 쓰는 글은 쓰나 마나 한 글이고, 나아가서는 써서는 안 될 글이에요. 글쓰기에서 기본이란 '대상'과 '독자'에 대한 배려예요. 병원에서 주사 놓을 때, 엉덩이를 살살 때리잖아요. 바로 찌르면 얼마나 놀라고 아프겠어요. 배려란 그처럼 사소하지만, 그게 얼마나 중요한지를 보여주는 게 시라고 생각해요. 요즘은 점점 더 그런 시를 찾아보기 어려워요. 대개 자기 말고는 아무도 못 알아듣는 글을 쓰고, 아무도 다른 사람 글을 안 읽어요. 시인이 독자보다 많아지는 게 시가 망하는 징조라 하지요.

그러면 어떻게 써야 할까요?

널빤지로 눈 치우는 거 봤지요? 널빤지를 깊게 박고 힘을 들여 밀고 나가야지, 그렇지 않으면 옆으로 다 새고 하나도 안 모여요. 또 밭 갈 때 쟁기 날을 땅에 깊이 박고 나가야지, 그렇지 않으면 고랑이 파이지를 않아요. 글쓰기도 마찬가지예요. '긴 것은 고무줄, 고무줄은 검다, 검은 건 석탄', 이런 식으로 마구 붙여나가면 깊이가 안 생겨요. 탑 쌓는 것으로 말하자면, 초장부터 다 무너진 거예요. 이런 얘기는 끝이 없지만, 제가 하고 싶은 얘기는 대부분 아까 말씀드린 책에 나와 있어요. 이제 『극지의 시』라는 책에 세 꼭지만 더 써 넣을까 해요.

그 세 가지가 뭐예요? 다 알려주세요.

우선 제 『꽃에 이르는 길』 9쪽에 보면 「달팽이 별」 얘기가 나와요. 같이 읽어볼까요.

'가장 값진 것을 보기 위해 잠깐 눈을 감는다. 가장 참된 것을 듣기 위해 잠시 귀를 닫는다. 가장 진실한 말을 하기 위해 침묵 속에서 기다리고 있다.'

눈이 안 보이는 남자와 척추장애를 가진 여자의 사랑 얘기를 담은 다큐멘터리라고 하던데, 저는 보지 못했어요. 저는 거기 나온다는 이 말이 참 좋아요. 지금까지 제가 써 온 자폐적인 글 말고, 이런 게 시가 아닐까 하는 생각이 들어요. 이런 문장을 보면 누구나 감동받게 돼 있어요.

　그럼 두번째 문장은 뭐예요?

　개그맨 김국진 씨 아시지요. 그분 인터뷰에서 발견한 건데, 수준이 거의 <u>프로스트</u>나 프루스트 같은 작가와 맞먹어요. 저는 이분 사생활은 잘 몰라요. 그렇지만 이 문장 하나로 존경하는 마음을 갖게 됐어요. 읽어보실래요?

　'이 길과 저 길이 상관없는 거 같죠? 사실은 다 연결되어 있어요. 뭐든지 두드려보면 다 찾을 수 있어요. 처음엔 아닌 것 같아도 다 연결되어 있기 때문에, 결국은 길을 찾는 거예요.'

　이건 앞에서 말씀드린 '패턴'과도 연관이 있는 문제예요. 패턴이란 결국 서로 '다른 것' 안에 들어 있는 '같은 것' 아니겠어요. 이 세상에서는 모든 게 연결돼 있다고 하지요. 그런데 그 연결은 바깥에 드러나 있지 않고 깊이 숨겨져 있기 때문에, 애써 두드려보고 찾아내야 해요. 물론 두드린다고 다 보이는 건 아니겠지요. 하지만 두드려보지 않으면 절대 찾을 수 없어요. 글쓰기도 그렇지 않을까 해요. 차근차근 말을 맞춰나가지 않고 '아무따나' 막 이어붙이니, 어떻게 길을 찾을 수 있겠어요. 이제 마지막으로 볼 글은 이 책 전체에서 제가 가장 사랑하는 문장이에요. 한 번 더 읽어주실래요?

'입이 벌어질 정도로 어마어마한 남벽 아래서 긴 호흡 한번 내쉬고, 우리는 없는 길을 가야 한다. 길은 오로지 우리 몸속에 있다는 것을 깨달으며, 밀고 나가야 한다. 어떤 행운도 어떤 요행도 없고, 위로도 아래로도 나 있지 않은 길을 살아서 돌아와야 한다.'

혹 기억하실지 모르겠지만, 사오 년 전 우리나라 등반대 몇 분이 안나푸르나에서 조난당했던 적이 있어요. 그때 한 젊은 대원의 일기장이 발견됐는데, 거기 적힌 글이라 해요. 눈보라 치는 혹한의 텐트 안에서 어떻게 이런 글을 쓸 수 있었는지 도무지 상상이 안 돼요. 저는 이 글이 문학의 정수精髓라는 생각이 들어요. 문학을 한다는 것은 그처럼 세상에는 '없는 길'을 가는 거예요. 상식적인 것은 전부 '있는 길'이고, 군이 가지 않아도 되는 길이에요. 이 길은 오로지 우리 몸속에 있기 때문에, 거미처럼 스스로 길을 만들면서 가야 해요. 저는 이 글을 볼 때마다 나쓰메 소세키나 김수영을 생각하게 돼요. 그분들은 자기 자신을 '소처럼' '온몸으로' 밀고 나가는 글쓰기를 했어요. 그러나 정작 가장 중요한 것은 그 길에서 '살아서 돌아와야 한다'는 거예요. 병뚜껑으로 하는 '땅따먹기' 놀이 아시지요. 멀리 가는 것보다 돌아오는 게 더 중요해요. 저는 이 일기를 볼 때마다 할 말을 잃어요.

갑자기 제가 왜 눈물이 나려 하는지 모르겠어요.
정말 좋은 문장은 눈물을 나게 하는 게 아니라, 눈물이 깊은 속으로 내려가게 만드는 거예요. 저는 문장을 어떻게 써야 할지 막막할 때마다 카프카를 읽어요. 아무 페이지나 펼쳐놓고 말이에요. 카프카의 문장은 전부가 시예요. 시적인 문장은 산문으로서는 약점이라 하지만, 카프카 문장은 그렇지 않아요. 거기에는 아무런 비유나 장식이 없지만, 본질에 닿아 있어요. 저는 그의 문장들 몇 개를 지금도 외우고 있어요. 그러면 저도 언젠가 그렇게 쓸 수 있을 것 같아서요. 시를 쓰려면 시 가지고 말장난하는 것보다, 좋은 시 읽는 것이 더 중요해요. 또 좋은 작가가 되기보다 좋은 독사가 되려는 게 글쓰기의 지름길이에요. 무엇보다 중요한 것은 자기 안의 스승을 찾는 거지요.

선생님의 스승은 누구예요?

김수영, 카프카, 벤야민, 뭐 그런 이름들을 들 수 있겠지요. 어떤 작가를 스승으로 택한다는 건 배우자를 택하는 것 이상으로 중요해요. 스승이 없으면 헤매게 돼요. 아까도 말했지만 시 쓰는 사람은 시가 씌어지는 자리를 자꾸 돌아봐야 해요. 삼사십 년 썼다고 어느 날 좋은 시가 나오는 게 아니잖아요. 중학생은 바로 돼도 예순 살 먹은 문학박사는 잘 안 되는 게 이 세계예요. 바른 길을 찾아가지 않으면 백 년 천 년이 가도 헛방이에요. 평생 서울 간다면서 부산 가놓고, 남대문이 왜 안 보이느냐고 떼를 쓰면 뭐라 하겠어요. 글쓰기에서 '서울 가는 것'은 자기 고통을 뚫어지게 응시하는 거예요. 글을 쓰려면 내가 먼저 아파야 해요. 그래야 남을 아프게 할 수 있지요. 나도 안 아프면서 어떻게 남을 아프게 할 수 있겠어요. 결국 자기를 위한 공부爲己之學를 해야 하는 거지요. 글쓰기를 통해 자기 속으로 깊이 들어가면 자연히 알게 돼요. 시가 뭔지, 시가 어디 있는지 말이에요. 시는 시인에게 있는 것도 아니고, 대상에게 있는 것도 아니에요. 각각의 시 속에서 이야기하는 사람, 즉 '화자'에게 있어요. 그 자리에 제대로 서면 모든 게 시가 돼요. 좋은 시는 언제나 독자를 그 자리에 서게 만들어요.

하지만 그게 어디 쉬워요? 시도 글도, 아무튼 뭐든 하려고 하면 어깨에 힘부터 들어가잖아요.

나한테 관심도 없는 사람을 무작정 좋다고 따라다니면 천리만리 도망가버려요. 그 사람이 좋아하는 것을 해주면 자연히 나를 좋아하게 되지요. 도망가게 만들 짓을 계속하면서 사랑받으려 한다면 어디 될 일이에요. 그런 말 있잖아요. 사람들은 누구나 존대받으려 하면서 홀대받을 짓만 골라 한다고. 내가 다른 사람을 소중히 생각하면 자연히 그 사람도 나를 소중하게 생각해요. 시도 마찬가지예요. 시가 나에게 올 수 있도록 모든 걸 갖춰줘야 하는데, 시를 잡아채고 낚아채려고만 하니 도망 안 가고 배기겠어요.

(그가 마음속에 품고 외운다는 『꽃에 이르는 길』의 첫 장

에는 '당신이 시를 열망한다면, 시로 이끄는 모든 것을 행하라'는 말이 적혀 있다. 이것은 가톨릭의 이시도르 성인聖人이 한 말에서, '하느님'을 '시'로 바꾼 것이라 한다.)

선생님은 앞으로 내실 책에서 '시의 자리는 극지極地'라고 쓰셨잖아요. 굳이 그렇게까지 극단으로 밀고 가면서 시를 써야 하나요?

그렇게 묻는다면 그렇게 쓰지 않아도 되겠지요. 시를 쓰기 위해 극지에 가는 것이 아니라 우리 삶 자체가 그렇다는 거예요. 어떻게도 이름 붙일 수 없는, 헐벗고 누추한 것들의 유배지가 극지예요. 말할 수 없는 것은 휘파람으로도 불 수 없다고 하잖아요. 아무도 위안해줄 수 없고 위로받을 수 없는 극지에서, 시 말고 무엇이 우리를 견딜 수 있게 해주겠어요. 삶이 극지라면 당연히 시도 그래야 하지요. 그렇지 않으면 거짓이에요. '극지의 시'만이 희망이 될 수 있어요. 왜? 진실이기 때문이에요.

그런데 시라는 게 이렇게도 쓰고, 저렇게도 쓰는 거 아니에요?

그렇게 선택할 수 있다면 시를 쓸 이유가 뭐겠어요. 제가 이야기하는 건 주제나 형식의 문제가 아니에요. 무엇 때문에 문학을 하는가의 문제예요. 그걸 알려면 위대한 작가들의 책을 읽고, 그것을 자기 삶에 비추어 봐야 해요.

세상에는 두 가지 공부가 있다고 해요. 위기지학爲己之學은 자기 자신을 위한 공부이고, 위인지학爲人之學은 다른 사람을 위한 공부예요. 옛날 사람들은 공부를 하려면, 모름지기 위기지학을 해야 한다고 했어요. 남에게 이득을 주는 공부를 하기에 앞서, 자기 수양과 자기 성장을 위한 공부를 하라는 거지요. 저는 이 가르침이 누구보다 시 쓰는 사람에게 필요하다는 생각이 들어요. 시는 바로 자신을 제물로 하여 진실과 아름다움을 추구하는 것이니까요. 이를테면, 안에서 밖으로 향하는 위인지학은 성장이 제한된 '유한화서'이고, 밖에서 안으로 관심을 두는 '위기지학'은 성장이 무제한인 '무한화서'라 할 수 있겠지요.

제가 가장 서럽게 읽은 시는 선생님 첫 시집 『뒹구는 돌은 언제 잠 깨는가』에 실린 「어떤 싸움의 기록」이에요. 이 시가 수십 년을 살아서 독자의 가슴에 머물 걸 예상하셨어요?

그 시집이 나온 지 35년이 되었어요. 이렇게 오래 살아남을 줄 어떻게 알았겠어요. 그 당시에는 정말 짐작도 못했어요. 시인으로 등단하고 시집을 낼 수 있다는 것만으로도 감지덕지했지요.

젊었을 때 다른 작가들 시도 좀 읽으셨어요?

전 우리 시대 제일 뛰어난 시인은 황지우와 최승자와 박남철이라 생각해요. 황지우는 재능이 특별하고, 최승자는 시에 순교했어요. 박남철은 뛰어난 에너지를 가지고 있었는데, 저렇게 갈 줄 정말 몰랐어요.

요즘 사람들은 시를 안 읽어요. 선생님 젊은 시절의 독자들이랑 지금 독자들은 달라요.

어떤 시들은 자동차 깜빡이도 안 넣고 막 들어가는 것 같아요. 그러면 뒤에 따라오는 사람은 '식겁'하지요. 남들한테 하는 배려는 자기 자신한테 하는 배려예요. 그렇지 않으면 나도 다치고 남도 다쳐요. 시는 '쓰는 사람'과 '대상'과 '읽는 사람'을 귀한 자리에 두는 거라고 생각해요.

자기도 안 먹는 밥을 남한테 내놓으면 그걸 어디 대접이라 하겠어요. 하지만 저는 시를 믿어요. 시를 믿는다는 건 쓰는 사람과 대상과 읽는 사람을 믿는 거예요. 믿고 싶어 믿는 게 아니라, 믿을 수밖에 없기 때문에 믿는 거예요. 속절없이 바다에 내리는 눈이 무슨 말을 더 하겠어요.

(『ARENA』 2015년 3월호)

이성복의 책

시
『뒹구는 돌은 언제 잠 깨는가』 (문학과지성사, 1980)
『남해 금산』 (문학과지성사, 1986)
『그 여름의 끝』 (문학과지성사, 1990)
『호랑가시나무의 기억』 (문학과지성사, 1993)
『아, 입이 없는 것들』 (문학과지성사, 2003)
『달의 이마에는 물결무늬 자국』 (문학과지성사, 2012)
『래여애반다라』 (문학과지성사, 2013)
『어둠 속의 시: 1976-1985』 (열화당, 2014)

시선
『정든 유곽에서』 (문학과지성사, 1996)

시론
『극지의 시: 2014-2015』 (문학과지성사, 2015)
『불화하는 말들: 2006-2007』 (문학과지성사, 2015)
『무한화서: 2002-2015』 (문학과지성사, 2015)

산문
『나는 왜 비에 젖은 석류 꽃잎에 대해 아무 말도 못 했는가』 (문학동네, 2001)
『고백의 형식들: 사람은 시 없이 살 수 있는가』 (열화당, 2014)

아포리즘
『네 고통은 나뭇잎 하나 푸르게 하지 못한다』 (문학동네, 2001)

대담
『끝나지 않는 대화: 시는 가장 낮은 곳에 머문다』 (열화당, 2014)

사진 에세이
『오름 오르다: 고남수 사진』 (현대문학, 2004)
『타오르는 물: 이경홍 사진』 (현대문학, 2009)

연구서
『네르발 시 연구: 역학적 이해의 한 시도』 (문학과지성사, 1992)
『프루스트와 지드에서의 사랑이라는 환상』 (문학과지성사, 2004)

문학앨범
『사랑으로 가는 먼 길』 (웅진출판, 1994)